CHÉRI

"Léa! Donne-le-moi, ton collier de perles! Tu m'entends, Léa? Donne-moi ton collier!"

Aucune réponse ne vint du grand lit de fer forgé et de cuivre ciselé, qui brillait dans l'ombre comme une armure.

"Pourquoi ne me le donnerais-tu pas, ton collier? Il me va aussi bien qu'à toi, et même mieux!"

Au claquement du fermoir, les dentelles du lit s'agitèrent, deux bras nus, magnifiques, fins au poignet, élevèrent deux belles mains paresseuses.

"Laisse ça, Chéri, tu as assez joué avec ce collier.

—Je m'amuse . . . Tu as peur que je te le vole?"

Devant les rideaux roses traversés de soleil, il dansait, tout noir, comme un gracieux diable sur fond de fournaise. Mais quand il recula vers le lit, il redevint tout blanc, du pyjama de soie aux babouches de daim.

"Je n'ai pas peur, répondit du lit la voix douce et basse. Mais tu fatigues le fil du collier. Les perles sont lourdes.

—Elles le sont, dit Chéri avec considération. Il ne s'est pas moqué de toi, celui qui t'a donné ce meuble."

Il se tenait devant un miroir long, appliqué au mur entre les deux fenêtres, et contemplait son image de très beau et très jeune homme, ni grand ni petit, le cheveu bleuté comme un plumage de merle. Il ouvrit son vêtement de nuit sur une poitrine mate et dure, bombée en bouclier, et la même étincelle rose joua sur ses dents, sur le blanc de ses yeux sombres et sur les perles du collier.

"Ôte ce collier, insista la voix féminine. Tu entends ce que je te dis?"

Immobile devant son image, le jeune homme riait tout bas:

"Oui, oui, j'entends. Je sais si bien que tu as peur que je te le prenne!

—Non. Mais si je te le donnais, tu serais capable de l'accepter."

Il courut au lit, s'y jeta en boule:

"Et comment! Je suis au-dessus des conventions, moi. Moi je trouve idiot qu'un homme puisse accepter d'une femme une perle en épingle, ou deux pour des boutons, et se croie déshonoré si elle lui en donne cinquante . . .

—Quarante-neuf.

—Quarante-neuf, je connais le chiffre. Dis-le donc que ça me va mal? Dis-le donc que je suis laid?"

Il penchait sur la femme couchée un rire provocant qui montrait des dents toutes petites et l'envers mouillé de ses lèvres. Léa s'assit sur le lit:

"Non, je ne le dirai pas. D'abord parce que tu ne le croirais pas. Mais tu ne peux donc pas rire sans froncer ton nez comme ça? Tu seras bien content quand tu auras trois rides dans le coin du nez, n'est-ce pas? "

Il cessa de rire immédiatement, tendit la peau de son front, ravala le dessous de son menton avec une habileté de vieille coquette. Ils se regardaient d'un air hostile; elle, accoudée parmi ses lingeries et ses dentelles, lui, assis en amazone au bord du lit. Il pensait: "Ça lui va bien de me parler des rides que j'aurai." Et elle: "Pourquoi est-il laid quand il rit, lui qui est la beauté même?" Elle réfléchit un instant et acheva tout haut sa pensée:

"C'est que tu as l'air si mauvais quand tu es gai . . . Tu ne ris que par méchanceté ou par moquerie. Ça te rend laid. Tu es souvent laid.

—Ce n'est pas vrai!" cria Chéri, irrité.

La colère nouait ses sourcils à la racine du nez, agrandissait les yeux pleins d'une lumière insolente, armés de cils, entrouvrait l'arc dédaigneux et chaste de la bouche. Léa sourit de le voir tel qu'elle l'aimait révolté puis soumis, mal enchaîné, incapable d'être libre;—elle posa une main sur la jeune tête qui secoua impatiemment le joug. Elle murmura, comme on calme une bête:

"Là . . . là . . . Qu'est-ce que c'est . . . qu'est-ce que c'est donc . . ."

Il s'abattit sur la belle épaule large, poussant du front, du nez, creusant sa place familière, fermant déjà les yeux et cherchant son somme protégé des longs matins, mais Léa le repoussa:

"Pas de ça, Chéri! Tu déjeunes chez notre Harpie nationale et il est midi moins vingt.

—Non? je déjeune chez la patronne? Toi aussi?

Léa glissa paresseusement au fond du lit.

"Pas moi, j'ai vacances. J'irai prendre le café à deux heures et demie—ou le thé à six heures—ou une cigarette à huit heures moins le quart . . . Ne t'inquiète pas, elle me verra toujours assez . . . Et puis, elle ne m'a pas invitée."

Chéri, qui boudait debout, s'illumina de malice:

"Je sais, je sais pourquoi! Nous avons du monde bien! Nous avons la belle Marie-Laure et sa poison d'enfant!"

Les grands yeux bleus de Léa, qui erraient, se fixèrent:

"Ah! oui! Charmante, la petite. Moins que sa mère, mais charmante . . . Ôte donc ce collier, à la fin.

—Dommage, soupira Chéri en le dégrafant. Il ferait bien dans la corbeille."

Léa se souleva sur un coude:

"Quelle corbeille?

—La mienne, dit Chéri avec une importance bouffonne. MA corbeille de MES bijoux de MON mariage . . ."

Il bondit, retomba sur ses pieds après un correct entrechat-six, enfonça la portière d'un coup de tête et disparut en criant:

"Mon bain, Rose! Tant que ça peut! Je déjeune chez la patronne!

—C'est ça, songea Léa. Un lac dans la salle de bain, huit serviettes à la nage, et des raclures de rasoir dans la cuvette. Si j'avais deux salles de bains . . ."

Mais elle s'avisa, comme les autres fois, qu'il eût fallu supprimer une penderie, rogner sur le boudoir à coiffer, et conclut comme les autres fois:

"Je patienterai bien jusqu'au mariage de Chéri."

Elle se recoucha sur le dos et constata que Chéri avait jeté, la veille, ses chaussettes sur la cheminée, son petit caleçon sur le bonheur-du-jour, sa cravate au cou d'un buste de Léa. Elle sourit malgré elle à ce chaud désordre masculin et referma à demi ses grands yeux tranquilles d'un bleu jeune et qui avaient gardé tous leurs cils châtains. A quarante-neuf ans, Léonie Vallon, dite Léa de Lonval, finissait une carrière heureuse de courtisane bien rentée, et de bonne fille à qui la vie a épargné les catastrophes flatteuses et les nobles chagrins. Elle cachait la date de sa naissance; mais elle avouait volontiers, en laissant tomber sur Chéri un regard de condescendance voluptueuse, qu'elle atteignait l'âge de s'accorder quelques petites douceurs. Elle aimait l'ordre, le beau linge, les vins mûris, la cuisine réfléchie. Sa jeunesse de blonde adulée, puis sa maturité de demi-mondaine riche n'avaient accepté ni l'éclat fâcheux, ni l'équivoque, et ses amis se souvenaient d'une journée de Drags, vers 1895, où Léa répondit au secrétaire du *Gil Blas* qui la traitait de "chère artiste":

"Artiste? Oh! vraiment, cher ami, mes amants sont bien bavards . . ."

Ses contemporaines jalousaient sa santé imperturbable, les jeunes femmes, que la mode de 1912 bombait déjà du dos et du ventre, raillaient le poitrail avantageux de Léa,—celles-ci et celles-là lui enviaient également Chéri.

"Eh, mon Dieu! disait Léa, il n'y a pas de quoi. Qu'elles le prennent. Je ne l'attache pas, et il sort tout seul."

En quoi elle mentait à demi, orgueilleuse d'une liaison,—elle disait quelquefois: adoption, par penchant à la sincérité—qui durait depuis six ans.

"La corbeille . . . redit Léa. Marier Chéri . . . Ce n'est pas possible,—ce n'est pas . . . humain . . . Donner une jeune fille à Chéri,—pourquoi pas jeter une biche aux chiens? Les gens ne savent pas ce que c'est que Chéri."

Elle roulait entre ses doigts, comme un rosaire, son collier jeté sur le lit. Elle le quittait la nuit, à présent, car Chéri, amoureux des belles perles et qui les caressait le matin, eût remarqué trop souvent que le cou de Léa, épaissi, perdait sa blancheur et montrait, sous la peau, des muscles détendus. Elle l'agrafa sur sa nuque sans se lever et prit un miroir sur la console de chevet.

"J'ai l'air d'une jardinière, jugea-t-elle sans ménagement. Une maraîchère. Une maraîchère normande qui s'en irait aux champs de patates avec un collier. Cela me va comme une plume d'autruche dans le nez,—et je suis polie."

Elle haussa les épaules, sévère à tout ce qu'elle n'aimait plus en elle: un teint vif, sain, un peu rouge, un teint de plein air, propre à enrichir la franche couleur des prunelles bleues cerclées de bleu plus sombre. Le nez fier trouvait grâce encore devant Léa; "le nez de Marie-Antoinette!" affirmait la mère de Chéri, qui n'oubliait jamais d'ajouter: " . . . et dans deux ans, cette bonne Léa aura le menton de Louis XVI". La bouche aux dents serrées, qui n'éclatait presque jamais de rire, souriait souvent, d'accord avec les grands yeux aux clins lents et rares, sourire cent fois loué, chanté, photographié, sourire profond et confiant qui ne pouvait lasser.

Pour le corps, "on sait bien" disait Léa, "qu'un corps de bonne qualité dure longtemps." Elle pouvait le montrer encore, ce grand corps blanc teinté de rosé, doté des longues jambes, du dos plat qu'on voit aux nymphes des fontaines d'Italie; la fesse à fossette, le sein haut suspendu pouvaient tenir, disait Léa, "jusque bien après le mariage de Chéri".

Elle se leva, s'enveloppa d'un saut-de-lit et ouvrit elle-même les rideaux. Le soleil de midi entra dans la chambre rose, gaie, trop parée et d'un luxe qui datait, dentelles doubles aux fenêtres, faille feuille-de-rose aux murs, bois dorés, lumières électriques voilées de rose et de blanc, et meubles anciens tendus de soies modernes. Léa ne renonçait pas à cette chambre douillette ni à son lit, chef-d'oeuvre considérable, indestructible, de cuivre, d'acier forgé, sévère à l'oeil et cruel aux tibias.

"Mais non, mais non, protestait la mère de Chéri, ce n'est pas si laid que cela. Je l'aime, moi, cette chambre. C'est une époque, ça a son chic. Ça fait Païva."

Léa souriait à ce souvenir de la "Harpie nationale" tout en relevant ses cheveux épars. Elle se poudra hâtivement le visage en entendant deux portes claquer et le choc d'un pied chaussé contre un meuble délicat. Chéri revenait en pantalon et chemise, sans faux col, les oreilles blanches de talc et l'humeur agressive.

"Où est mon épingle? boîte de malheur! On barbote les bijoux à présent?

—C'est Marcel qui l'a mise à sa cravate pour aller faire le marché", dit Léa gravement.

Chéri, dénué d'humour, butait sur la plaisanterie comme une fourmi sur un morceau de charbon. Il arrêta sa promenade menaçante et ne trouva à répondre que:

"C'est charmant! . . . et mes bottines?

—Lesquelles?

—De daim!"

Léa, assise à sa coiffeuse, leva des yeux trop doux:

"Je ne te le fais pas dire, insinua-t-elle d'une voix caressante.

—Le jour où une femme m'aimera pour mon intelligence, je serai bien fichu, riposta Chéri. En attendant, je veux mon épingle et mes bottines.

—Pourquoi faire? On ne met pas d'épingle avec un veston, et tu es déjà chaussé."

Chéri frappa du pied.

"J'en ai assez, personne ne s'occupe de moi, ici! J'en ai assez!"

Léa posa son peigne.

"Eh bien! va-t'en."

Il haussa les épaules, grossier:

"On dit ça!

—Va-t'en. J'ai toujours eu horreur des invités qui bêchent la cuisine et qui collent le fromage à la crème contre les glaces. Va chez ta sainte mère, mon enfant, et restes-y."

Il ne soutint pas le regard de Léa, baissa les yeux, protesta en écolier:

"Enfin, quoi, je ne peux rien dire? Au moins, tu me prêtes l'auto pour aller à Neuilly?

—Non.

—Parce que?

—Parce que je sors à deux heures et que Philibert déjeune.

—Où vas-tu, à deux heures?

—Remplir mes devoir religieux. Mais si tu veux trois francs pour un taxi? . . . Imbécile, reprit-elle doucement, je vais peut-être prendre le café chez Madame Mère, à deux heures. Tu n'es pas content?"

Il secouait le front comme un petit bélier.

"On me bourre, on me refuse tout, on me cache mes affaires, on me . . .

—Tu ne sauras donc jamais t'habiller tout seul?"

Elle prit des mains de Chéri le faux col qu'elle boutonna, la cravate qu'elle noua.

"Là! . . . Oh! cette cravate violette . . . Au fait, c'est bien bon pour la belle Marie-Laure et sa famille . . . Et tu voulais encore une perle, là-dessus? Petit rasta . . . Pourquoi pas des pendants d'oreilles? . . ."

Il se laissait faire, béat, mou, vacillant, repris d'une paresse et d'un plaisir qui lui fermaient les yeux . . .

"Nounoune chérie . . . " murmura-t-il.

Elle lui brossa les oreilles, rectifia la raie, fine et bleuâtre, qui divisait les cheveux noirs de Chéri, lui toucha les tempes d'un doigt mouillé de parfum et baisa rapidement, parce qu'elle ne put s'en défendre, la bouche tentante qui respirait si près d'elle. Chéri ouvrit les yeux, les lèvres, tendit les mains . . . Elle l'écarta:

"Non! une heure moins le quart! File et que je ne te revoie plus!

—Jamais?

—Jamais!" lui jeta-t-elle en riant avec une tendresse emportée.

Seule, elle sourit orgueilleusement, fit un soupir saccadé de convoitise matée, et écouta les pas de Chéri dans la cour de l'hôtel. Elle le vit ouvrir et refermer la grille, s'éloigner de son pas ailé, tout de suite salué par l'extase de trois trottins qui marchaient bras sur bras:

"Ah! maman! . . . c'est pas possible, il est en toc! . . . On demande à toucher?"

Mais Chéri, blasé, ne se retourna même pas.

"Mon bain, Rose! La manucure peut s'en aller; il est trop tard. Le costume tailleur bleu, le nouveau, le chapeau bleu, celui qui est doublé de blanc, et les petits souliers à pattes . . . non, attends . . ."

Léa, les jambes croisées, tâta sa cheville nue et hocha la tête:

"Non, les bottines lacées en chevreau bleu. J'ai les jambes un peu enflées aujourd'hui. C'est la chaleur."

La femme de chambre, âgée, coiffée de tulle, leva sur Léa un regard entendu:

"C'est . . . c'est la chaleur", répéta-t-elle docilement, en haussant les épaules, comme pour dire: "Nous savons . . . Il faut bien que tout s'use . . ."

Chéri parti, Léa redevint vive, précise, allégée. En moins d'une heure, elle fut baignée, frottée d'alcool parfumé au santal, coiffée, chaussée. Pendant que le fer à friser chauffait, elle trouva le temps d'éplucher le livre de comptes du maître d'hôtel, d'appeler le valet de chambre Émile pour lui montrer, sur un miroir, une buée bleue. Elle darda autour d'elle un oeil assuré, qu'on ne trompait presque jamais, et déjeuna dans une solitude joyeuse, souriant au Vouvray sec et aux fraises de juin servies avec leurs queues sur un plat de Rubelles, vert comme une rainette mouillée. Un beau mangeur dut choisir autrefois, pour cette salle à manger rectangulaire, les grandes glaces Louis XVI et les meubles anglais de la même époque, dressoirs aérés, desserte haute sur pieds, chaises maigres et solides, le tout d'un bois presque noir, à guirlandes minces. Les miroirs et de massives pièces d'argenterie recevaient le jour abondant, les reflets verts des arbres de l'avenue Bugeaud, et Léa scrutait, tout en mangeant, la poudre rouge demeurée aux ciselures d'une fourchette, fermait un œil pour mieux juger le poli des bois sombres. Le maître d'hôtel, derrière elle, redoutait ces jeux.

"Marcel, dit Léa, votre encaustique colle, depuis une huitaine.

—Madame croit?

—Elle croit. Rajoutez-y de l'essence en fondant au bain-marie, ce n'est rien à refaire. Vous avez monté le Vouvray un peu tôt. Tirez les persiennes dès que vous aurez desservi, nous tenons la vraie chaleur.

—Bien, Madame. Monsieur Ch . . . Monsieur Peloux dîne?

—Je pense . . . Pas de crème-surprise ce soir, qu'on nous fasse seulement des sorbets au jus de fraises. Le café au boudoir."

En se levant, grande et droite, les jambes visibles sous la jupe plaquée aux cuisses, elle eut le loisir de lire, dans le regard contenu du maître d'hôtel, le "Madame est belle" qui ne lui déplaisait pas.

"Belle . . ." se disait Léa en montant au boudoir. Non. Plus maintenant. A présent il me faut le blanc du linge près du visage, le rose très pâle pour les dessous et les déshabillés. Belle . . . Peuh . . . je n'en ai plus guère besoin . . ."

Pourtant, elle ne s'accorda point de sieste dans le boudoir aux soies peintes, après le café et les journaux. Et ce fut avec un visage de bataille qu'elle commanda à son chauffeur:

"Chez Madame Peloux."

* * * * *

Les allées du Bois, sèches sous leur verdure neuve de juin que le vent fane, la grille de l'octroi, Neuilly, le boulevard d'Inkermann . . . "Combien de fois l'ai-je fait, ce trajet-là?" se demanda Léa. Elle compta, puis se lassa de compter, et épia, en retenant ses pas sur le gravier de Mme Peloux, les bruits qui venaient de la maison.

"Ils sont dans le hall", dit-elle.

Elle avait remis de la poudre avant d'arriver et tendu sur son menton la voilette bleue, un grillage fin comme un brouillard. Et elle répondit au valet qui l'invitait à traverser la maison:

"Non, j'aime mieux faire le tour par le jardin."

Un vrai jardin, presque un parc, isolait, toute blanche, une vaste villa de grande banlieue parisienne. La villa de Mme Peloux s'appelait "une propriété à la campagne" dans le temps où Neuilly était encore aux environs de Paris. Les écuries, devenues garages, les communs avec leurs chenils et leurs buanderies en témoignaient, et aussi les dimensions de la salle de billard, du vestibule, de la salle à manger.

"Madame Peloux en a là pour de l'argent", redisaient dévotement les vieilles parasites qui venaient, en échange d'un dîner et d'un verre de fine, tenir en face d'elle les cartes du bésigue et du poker. Et elles ajoutaient: "Mais où Madame Peloux n'a-t-elle pas d'argent? "

En marchant sous l'ombre des acacias, entre des massifs embrasés de rhododendrons et des arceaux de roses, Léa écoutait un murmure de voix, percé par la trompette nasillarde de Mme Peloux et l'éclat de rire sec de Chéri.

"Il rit mal, cet enfant", songea-t-elle. Elle s'arrêta un instant, pour entendre mieux un timbre féminin nouveau, faible, aimable, vite couvert par la trompette redoutable.

"Ça, c'est la petite", se dit Léa.

Elle fit quelques pas rapides et se trouva au seuil d'un hall vitré, d'où Mme Peloux s'élança en criant:

"Voici notre belle amie!"

Ce tonnelet, Mme Peloux, en vérité Mlle Peloux, avait été danseuse, de dix à seize ans. Léa cherchait parfois sur Mme Peloux ce qui pouvait rappeler l'ancien petit Éros blond et potelé, puis la nymphe à fossettes, et ne retrouvait que les grands yeux implacables, le nez délicat et dur, et encore une manière coquette de poser les pieds en "cinquième" comme les sujets du corps de ballet.

Chéri, ressuscité du fond d'un rocking, baisa la main de Léa avec une grâce involontaire, et gâta son geste par un:

"Flûte! tu as encore mis une voilette, j'ai horreur de ça.

—Veux-tu la laisser tranquille! intervint Mme Peloux. On ne demande pas à une femme pourquoi elle a mis une voilette! Nous n'en ferons jamais rien", dit-elle tendrement à Léa.

Deux femmes s'étaient levées dans l'ombre blonde du store de paille. L'une, en mauve, tendit assez froidement sa main à Léa, qui la contempla des pieds à la tête.

"Mon Dieu, que vous êtes belle, Marie-Laure, il n'y a rien d'aussi parfait que vous!"

Marie-Laure daigna sourire. C'était une jeune femme rousse, aux yeux bruns, qui émerveillait sans geste et sans paroles. Elle désigna, comme par coquetterie, l'autre jeune femme:

"Mais reconnaîtrez-vous ma fille Edmée?" dit-elle.

Léa tendit vers la jeune fille une main qu'on tarda à prendre:

"J'aurais dû vous reconnaître, mon enfant, mais une pensionnaire change vite, et Marie-Laure ne change que pour déconcerter chaque fois davantage. Vous voilà libre de tout pensionnat?

—Je crois bien, je crois bien, s'écria Mme Peloux. On ne peut pas laisser sous le boisseau éternellement ce charme, cette grâce, cette merveille de dix-neuf printemps!

—Dix-huit, dit suavement Marie-Laure.

—Dix-huit, dix-huit! . . . Mais oui, dix-huit! Léa, tu te souviens ? Cette enfant faisait sa première communion l'année où Chéri s'est sauvé du collège, tu sais bien? Oui, mauvais garnement, tu t'étais sauvé et nous étions aussi affolées l'une que l'autre!

—Je me souviens très bien, dit Léa, et elle échangea avec Marie-Laure un petit signe de tête,—quelque chose comme le "touché" des escrimeurs loyaux.

—Il faut la marier, il faut la marier! continua Mme Peloux qui ne répétait jamais moins de deux fois une vérité première. Nous irons tous à la noce!"

Elle battit l'air de ses petits bras et la jeune fille la regarda avec une frayeur ingénue.

"C'est bien une fille pour Marie-Laure, songeait Léa très attentive. Elle a, en discret, tout ce que sa mère a d'éclatant. Des cheveux mousseux, cendrés, comme poudrés, des yeux inquiets qui se cachent, une bouche qui se retient de parler, de sourire . . . Tout à fait ce qu'il fallait à Marie-Laure, qui doit la haïr quand même . . ."

Mme Peloux interposa entre Léa et la jeune fille un sourire maternel:

"Ce qu'ils ont déjà camaradé dans le jardin, ces deux enfants-là!"

Elle désignait Chéri, debout devant la paroi vitrée et fumant. Il tenait son fume-cigarette entre les dents et rejetait la tête en arrière pour éviter la fumée. Les trois femmes regardèrent le jeune homme qui, le front renversé, les cils mi-clos, les pieds joints et immobiles, semblait pourtant une figure ailée, planante et dormante dans l'air . . . Léa ne se trompa point à l'expression effarée, vaincue, des yeux de la jeune fille. Elle se donna le plaisir de la faire tressaillir en lui touchant le bras. Edmée frémit tout entière, retira son bras et dit farouchement tout bas:

"Quoi? . . .

—Rien, répondit Léa. C'est mon gant qui était tombé.

—Allons, Edmée?" ordonna Marie-Laure avec nonchalance.

La jeune fille, muette et docile, marcha vers Mme Peloux qui battit des ailerons:

"Déjà? Mais non! On va se revoir! on va se revoir!

—Il est tard, dit Marie-Laure. Et puis, vous attendez beaucoup de gens, le dimanche après-midi. Cette enfant n'a pas l'habitude du monde . . .

—Oui, oui, cria tendrement Mme Peloux, elle a vécu si enfermée, si seule!"

Marie-Laure sourit, et Léa la regarda pour dire: "A vous!"

" . . . Mais nous reviendrons bientôt.

—Jeudi, jeudi ! Léa, tu viens déjeuner aussi, jeudi?

—Je viens", répondit Léa.

Chéri avait rejoint Edmée au seuil du hall, où il se tenait auprès d'elle, dédaigneux de toute conversation. Il entendit la promesse de Léa et se retourna:

"C'est ça. On fera une balade, proposa-t-il.

—Oui, oui, c'est de votre âge, insista Mme Peloux attendrie. Edmée ira avec Chéri sur le devant, il nous mènera, et nous irons au fond, nous autres. Place à la jeunesse! Place à la jeunesse! Chéri, mon amour, veux-tu demander la voiture de Marie-Laure?"

Encore que ses petits pieds ronds chavirassent sur les graviers, elle emmena ses visiteuses jusqu'au tournant d'une allée, puis les abandonna à Chéri. Quand elle revint, Léa avait retiré son chapeau et allumé une cigarette.

"Ce qu'ils sont jolis, tous les deux! haleta Mme Peloux. Pas, Léa?

—Ravissants, souffla Léa avec un jet de fumée. Mais c'est cette Marie-Laure! . . ."

Chéri rentrait:

"Qu'est-ce qu'elle a fait, Marie-Laure? demanda-t-il.

—Quelle beauté!

—Ah! . . . Ah! . . . approuva Mme Peloux, c'est vrai, c'est vrai . . . qu'elle a été bien jolie!"

Chéri et Léa rirent en se regardant.

"A été!" souligna Léa. Mais c'est la jeunesse même! Elle n'a pas un pli! Et elle peut porter du mauve tendre, cette sale couleur que je déteste et qui me le rend!"

Les grands yeux impitoyables et le nez mince se détournèrent d'un verre de fine:

"La jeunesse même! la jeunesse même! glapit Mme Peloux. Pardon! pardon! Marie-Laure a eu Edmée en 1895, non, 14. Elle avait à ce moment-là fichu le camp avec un professeur de chant et plaqué Khalil-Bey qui lui avait donné le fameux diamant rose que . . . Non! non! . . . Attends! . . . C'est d'un an plus tôt! . . ."

Elle trompettait fort et faux. Léa mit une main sur son oreille et Chéri déclara, sentencieux:

"Ça serait trop beau, un après-midi comme ça, s'il n'y avait pas la voix de ma mère."

Elle regarda son fils sans colère, habituée à son insolence, s'assit dignement, les pieds ballants, au fond d'une bergère trop haute pour ses jambes courtes. Elle chauffait dans sa main un verre d'eau-de-vie. Léa, balancée dans un rocking, jetait de temps en temps les yeux sur Chéri, Chéri vautré sur le rotin frais, son gilet ouvert, une cigarette à demi éteinte à la lèvre, une mèche sur le sourcil,—et elle le traitait flatteusement, tout bas, de belle crapule.

Ils demeuraient côte à côte, sans effort pour plaire ni parler, paisibles et en quelque sorte heureux. Une longue habitude l'un de l'autre les rendait au silence, ramenait Chéri à la veulerie et Léa à la sérénité. A cause de la chaleur qui augmentait, Mme Peloux releva jusqu'aux genoux sa jupe étroite, montra ses petits mollets de matelot, et Chéri arracha rageusement sa cravate, geste que Léa blâma d'un: "Tt . . . tt . . ." de langue.

"Oh! laisse-le, ce petit, protesta, comme du fond d'un songe, Mme Peloux. Il fait si chaud . . . Veux-tu un kimono, Léa?

—Non, merci. Je suis très bien."

Ces abandons de l'après-midi l'écoeuraient. Jamais son jeune amant ne l'avait surprise défaite, ni le corsage ouvert, ni en pantoufles dans le jour. "Nue, si on veut", disait-elle, "mais pas dépoitraillée". Elle reprit son journal illustré et ne le lut pas. "Cette mère Peloux et son fils ", songeait-elle, " mettez-les devant une table bien servie ou menez-les à la campagne,—crac: la mère ôte son corset et le fils son gilet. Des natures de bistrots en vacances." Elle leva les yeux vindicativement sur le bistrot incriminé et vit qu'il dormait, les cils rabattus sur ses joues blanches, la bouche close. L'arc délicieux de la lèvre supérieure, éclairé par en dessous, retenait à ses sommets deux points de lumière argentée, et Léa s'avoua qu'il ressemblait beaucoup plus à un dieu qu'à un marchand de vins. Sans se lever, elle cueillit délicatement entre les doigts de Chéri une cigarette fumante, et la jeta au cendrier. La main du dormeur se détendit et laissa tomber comme dés fleurs lasses ses doigts fuselés, armés d'ongles cruels, main non point féminine, mais un peu plus belle qu'on ne l'eût voulu, main que Léa avait cent fois baisée sans servilité, baisée pour le plaisir, pour le parfum . . .

Elle regarda, par-dessus son journal, du côté de Mme Peloux. "Dort-elle aussi?" Léa aimait que la sieste de la mère et du fils lui donnât, à elle bien éveillée, une heure de solitude morale parmi la chaleur, l'ombre et le soleil.

Mais Mme Peloux ne dormait point. Elle se tenait bouddhique dans sa bergère, regardant droit devant elle et suçant sa fine-champagne avec une application de nourrisson alcoolique.

"Pourquoi ne dort-elle pas? se demanda Léa. C'est dimanche. Elle a bien déjeuné. Elle attend les vieilles frappes de son jour à cinq heures. Par conséquent, elle devrait dormir. Si elle ne dort pas, c'est qu'elle fait quelque chose de mal."

Elles se connaissaient depuis vingt-cinq ans. Intimité ennemie de femmes légères qu'un homme enrichit puis délaisse, qu'un autre homme ruine,—amitié hargneuse de rivales à l'affût de la première ride et du cheveu blanc. Camaraderie de femmes positives, habiles aux jeux financiers, mais l'une avare et l'autre sybarite . . . Ces liens comptent. Un autre lien plus fort venait les unir sur le tard: Chéri.

* * * * *

Léa se souvenait de Chéri enfant, merveille aux longues boucles. Tout petit, il ne s'appelait pas encore Chéri, mais seulement Fred.

Chéri, tour à tour oublié et adoré, grandit entre les femmes de chambre décolorées et les longs valets sardoniques. Bien qu'il eût mystérieusement apporté, en naissant, l'opulence, on ne vit nulle miss, nulle fraulein auprès de Chéri, préservé à grands cris de "ces goules" . . .

"Charlotte Peloux, femme d'un autre âge!" disait familièrement le vieux, tari, expirant et indestructible baron de Berthellemy, "Charlotte Peloux, je salue en vous la seule femme de moeurs légères qui ait osé élever son fils en fils de grue! Femme d'un autre âge, vous ne lisez pas, vous ne voyagez jamais, vous vous occupez de votre seul prochain, et vous faites élever votre enfant par les domestiques. Comme c'est pur! comme c'est About! comme c'est même Gustave Droz! et dire que vous n'en savez rien!"

Chéri connut donc toutes les joies d'une enfance dévergondée. Il recueillit, zézayant encore, les bas racontars de l'office. Il partagea les soupers clandestins de la cuisine. Il eut les bains de lait d'iris dans la baignoire de sa mère, et les débarbouillages hâtifs avec le coin d'une serviette. Il endura l'indigestion de bonbons, et les crampes d'inanition quand on oubliait son dîner. Il s'ennuya, demi-nu et enrhumé, aux fêtes des Fleurs où Charlotte Peloux l'exhibait, assis dans des roses mouillées; mais il lui arriva de se divertir royalement à douze ans, dans une salle de tripot clandestin où une dame américaine lui donnait pour jouer des poignées de louis et l'appelait "petite chef-d'œuvre". Vers le même temps, Mme Peloux donna à son fils un abbé précepteur qu'elle remercia au bout de dix mois "parce que", avoua-t-elle, "cette robe noire que je voyais partout traîner dans la maison, ça me faisait comme si j'avais recueilli une parente pauvre—et Dieu sait qu'il n'y a rien de plus attristant qu'une parente pauvre chez soi!"

A quatorze ans, Chéri tâta du collège. Il n'y croyait pas. Il défiait toute geôle et s'échappa. Non seulement Mme Peloux trouva l'énergie de l'incarcérer à nouveau, mais encore, devant les pleurs et les injures de son fils, elle s'enfuit, les mains sur les oreilles, en criant: "Je ne veux pas voir ça! Je ne veux pas voir ça!" Cri si sincère qu'en effet elle s'éloigna de Paris, accompagnée d'un homme jeune mais peu scrupuleux pour revenir deux ans plus tard, seule. Ce fut sa dernière faiblesse amoureuse.

Elle retrouva Chéri grandi trop vite, creux, les yeux fardés de cerne, portant des complets d'entraîneur et parlant plus gras que jamais. Elle se frappa les seins et arracha Chéri à l'internat. Il cessa tout à fait de travailler, voulut chevaux, voitures, bijoux, exigea des mensualités rondes et, au moment que sa mère se frappa les seins en poussant des appels de paonne, il l'arrêta par ses mots:

"Mame Peloux, ne vous bilez pas. Ma mère vénérée, s'il n'y a que moi pour te mettre sur la paille, tu risques fort de mourir bien au chaud sous ton couvre-pied américain. Je n'ai pas de goût pour le conseil judiciaire. Ta galette, c'est la mienne. Laisse-moi faire. Les amis, ça se rationne avec des dîners et du champagne. Quant à ces dames, vous ne voudriez pourtant pas, Mame Peloux, que fait comme vous m'avez fait, je dépasse avec elles l'hommage du bibelot artistique,—et encore!"

Il pirouetta, tandis qu'elle versait de douces larmes et se proclamait la plus heureuse des mères. Quand Chéri commença d'acheter des automobiles, elle trembla de nouveau, mais il lui recommanda: "L'oeil à l'essence, s'il vous plaît, Mame Peloux!" et vendit ses chevaux. Il ne dédaignait pas d'éplucher les livres des deux chauffeurs; il calculait vite, juste, et les chiffres qu'il jetait sur le papier juraient, élancés, renflés, agiles, avec sa grosse écriture assez lente.

Il passa dix-sept ans, en tournant au petit vieux, au rentier tatillon. Toujours beau, mais maigre, le souffle raccourci. Plus d'une fois Mme Peloux le rencontra dans l'escalier de la cave, d'où il revenait de compter les bouteilles dans les casiers.

"Crois-tu! disait Mme Peloux à Léa, c'est trop beau!

—Beaucoup trop, répondait Léa, ça finira mal. Chéri, montre ta langue?"

Il la tirait avec une grimace irrévérencieuse; et d'autres vilaines manières qui ne choquaient point Léa, amie trop familière, sorte de marraine-gâteau qu'il tutoyait.

"C'est vrai, interrogeait Léa, qu'on t'a vu au bar avec la vieille Lili, cette nuit, assis sur ses genoux?

—Ses genoux! gouaillait Chéri. Y a longtemps qu'elle n'en a plus, de genoux! Ils sont noyés.

—C'est vrai, insistait Léa plus sévère, qu'elle t'a fait boire du gin au poivre? Tu sais que ça fait sentir mauvais de la bouche?"

Un jour Chéri, blessé, avait répondu à l'enquête de Léa:

"Je ne sais pas pourquoi tu me demandes tout ça, tu as bien dû voir ce que je faisais, puisque tu y étais, dans le petit cagibi du fond, avec Patron le boxeur!

—C'est parfaitement exact, répondit Léa impassible. Il n'a rien du petit claqué, Patron, tu sais? Il a d'autres séductions qu'une petite gueule de quatre sous et des yeux au beurre noir."

Cette semaine-là, Chéri fit grand bruit la nuit à Montmartre et aux Halles, avec des dames qui l'appelaient "ma gosse" et "mon vice", mais il n'avait le feu nulle part, il souffrait de migraines et toussait de la gorge. Et Mme Peloux, qui confiait à sa masseuse, à Mme Ribot, sa corsetière, à la vieille Lili, à Berthellemy-le-Desséché, ses angoisses nouvelles: "Ah! pour nous autres mères, quel calvaire, la vie!" passa avec aisance de l'état de plus-heureuse-des-mères à celui de mère-martyre.

* * * * *

Un soir de juin, qui rassemblait sous la serre de Neuilly Mme Peloux, Léa et Chéri, changea les destins du jeune homme et de la femme mûre. Le hasard dispersant pour un soir les "amis" de Chéri,—un petit liquoriste en gros, le fils Boster, et le vicomte Desmond, parasite à peine majeur, exigeant et dédaigneux,—ramenait Chéri à la maison maternelle où l'habitude conduisait aussi Léa.

Vingt années, un passé fait de ternes soirées semblables, le manque de relations, cette défiance aussi, et cette veulerie qui isolent vers la fin de leur vie les femmes qui n'ont aimé que d'amour, tenaient l'une devant l'autre, encore un soir, en attendant un autre soir, ces deux femmes, l'une à l'autre suspectes. Elles regardaient toutes deux Chéri taciturne, et Mme

Peloux, sans force et sans autorité pour soigner son fils, se bornait à haïr un peu Léa, chaque fois qu'un geste penchait, près de la joue pâle, de l'oreille transparente de Chéri, la nuque blanche et la joue sanguine de Léa. Elle eût bien saigné ce cou robuste de femme, où les colliers de Vénus commençaient de meurtrir la chair, pour teindre de rosé le svelte lis verdissant,—mais elle ne pensait pas même à conduire son bien-aimé aux champs.

"Chéri, pourquoi bois-tu de la fine? grondait Léa.

—Pour ne pas faire affront à Mame Peloux qui boirait seule, répondait Chéri.

—Qu'est-ce que tu fais, demain?

—Sais pas, et toi?

—Je vais partir pour la Normandie.

—Avec?

—Ça ne te regarde pas.

—Avec notre brave Spéleïeff?

—Penses-tu, il y a deux mois que c'est fini, tu retardes. Il est en Russie, Spéleïeff.

—Mon Chéri, où as-tu la tête! soupira Mme Peloux. Tu oublies le charmant dîner de rupture que nous a offert Léa le mois dernier. Léa, tu ne m'as pas donné la recette des langoustines qui m'avaient tellement plu!"

Chéri se redressa, fit briller ses yeux:

"Oui, oui, des langoustines avec une sauce crémeuse, oh! j'en voudrais!

—Tu vois, reprocha Mme Peloux, lui qui a si peu d'appétit, il aurait mangé des langoustines . . .

—La paix! commanda Chéri. Léa, tu vas sous les ombrages avec Patron?

—Mais non, mon petit; Patron et moi, c'est de l'amitié. Je pars seule.

—Femme riche, jeta Chéri.

—Je t'emmène, si tu veux, on ne fera que manger, boire, dormir . . .

—C'est où, ton patelin?"

Il s'était levé et planté devant elle.

"Tu vois Honfleur? la côte de Grâce? Oui? . . . Assieds-toi, tu es vert. Tu sais bien, sur la côte de Grâce, cette porte charretière devant laquelle nous disions toujours en passant, ta mère et moi . . . "

Elle se tourna du côté de Mme Peloux: Mme Peloux avait disparu. Ce genre de fuite discrète, cet évanouissement étaient si peu en accord avec les coutumes de Charlotte Peloux, que Léa et Chéri se regardèrent en riant de surprise. Chéri s'assit contre Léa.

"Je suis fatigué, dit-il.

—Tu t'abîmes", dit Léa.

Il se redressa, vaniteux:

"Oh! tu sais, je suis encore assez bien.

—Assez bien . . . peut-être pour d'autres . . . mais pas . . . pas pour moi, par exemple.

—Trop vert?

—Juste le mot que je cherchais. Viens-tu à la campagne, en tout bien tout honneur? Des bonnes fraises, de la crème fraîche, des tartes, des petits poulets grillés . . . Voilà un bon régime, et pas de femmes!"

Il se laissa glisser sur l'épaule de Léa et ferma les yeux.

"Pas de femmes . . . Chouette . . . Léa, dis, es-tu un frère? Oui? Eh bien, partons, les femmes . . . j'en suis revenu . . . Les femmes . . . je les ai vues."

Il disait ces choses basses d'une voix assoupie, dont Léa écoutait le son plein et doux et recevait le souffle tiède sur son oreille. Il avait saisi le long collier de Léa et roulait les grosses perles entre ses doigts. Elle passa son bras sous la tête de Chéri et le rapprocha d'elle, sans arrière-pensée, confiante dans l'habitude qu'elle avait de cet enfant, et elle le berça.

"Je suis bien, soupira-t-il. T'es un frère, je suis bien . . ."

Elle sourit comme sous une louange très précieuse. Chéri semblait s'endormir. Elle regardait de tout près les cils brillants, comme mouillés, rabattus sur la joue, et cette joue amaigrie qui portait les traces d'une fatigue sans bonheur. La lèvre supérieure, rasée du matin, bleuissait déjà, et les lampes roses rendaient un sang factice à la bouche . . .

"Pas de femmes! déclara Chéri comme en songe. Donc . . . embrasse-moi!"

Surprise, Léa ne bougea pas.

"Embrasse-moi, je te dis!"

Il ordonnait, les sourcils joints, et l'éclat de ses yeux soudain rouverts gêna Léa comme une lumière brusquement rallumée. Elle haussa les épaules et mit un baiser sur le front tout proche. Il noua ses bras au cou de Léa et la courba vers lui.

Elle secoua la tête, mais seulement jusqu'à l'instant où leurs bouches se touchèrent; alors, elle demeura tout à fait immobile et retenant son souffle comme quelqu'un qui écoute. Quand il la lâcha, elle le détacha d'elle, se leva, respira profondément et arrangea sa coiffure qui n'était pas défaite. Puis elle se retourna un peu pâle et les yeux assombris, et sur un ton de plaisanterie:

"C'est intelligent!" dit-elle.

Il gisait au fond d'un rocking et se taisait en la couvant d'un regard actif, si plein de défi et d'interrogations qu'elle dit, après un moment:

"Quoi?

—Rien, dit Chéri, je sais ce que je voulais savoir."

Elle rougit, humiliée, et se défendit adroitement:

"Tu sais quoi? que ta bouche me plaît? Mon pauvre petit, j'en ai embrassé de plus vilaines. Qu'est-ce que ça te prouve? Tu crois que je vais tomber à tes pieds et crier: prends-moi! Mais tu n'as donc connu que des jeunes filles? Penser que je vais perdre la tête pour un baiser! . . ."

Elle s'était calmée en parlant et voulait montrer son sang-froid.

"Dis, petit, insista-t-elle en se penchant sur lui, crois-tu que ce soit quelque chose de rare dans mes souvenirs, une bonne bouche?"

Elle lui souriait de haut, sûre d'elle, mais elle ne savait pas que quelque chose demeurait sur son visage, une sorte de palpitation très faible, de douleur attrayante, et que son sourire ressemblait à celui qui vient après une crise de larmes.

"Je suis bien tranquille, continua-t-elle. Quand même je te rembrasserais, quand même nous . . ."

Elle s'arrêta et fit une moue de mépris.

"Non, décidément, je ne nous vois pas dans cette attitude-là.

—Tu ne nous voyais pas non plus dans celle de tout à l'heure, dit Chéri sans se presser. Et pourtant, tu l'as gardée un bon bout de temps. Tu y penses donc, à l'autre? Moi, je ne t'en ai rien dit."

Ils se mesurèrent en ennemis. Elle craignit de montrer un désir qu'elle n'avait pas eu le temps de nourrir ni de dissimuler, elle en voulut à cet enfant, refroidi en un moment et peut-être moqueur.

"Tu as raison, concéda-t-elle légèrement. N'y pensons pas. Je t'offre, nous disions donc, un pré pour t'y mettre au vert, et une table . . . La mienne, c'est tout dire.

—On peut voir, répondit Chéri. J'amènerais la Renouhard découverte?

—Naturellement, tu ne la laisserais pas à Charlotte.

—Je paierai l'essence, mais tu nourriras le chauffeur."

Léa éclata de rire.

"Je nourrirai le chauffeur! Ah! ah! fils de Madame Peloux, va! Tu n'oublies rien . . . Je ne suis pas curieuse, mais je voudrais entendre ce que ça peut être entre une femme et toi, une conversation amoureuse!"

Elle tomba assise et s'éventa. Un sphinx, de grands moustiques à longues pattes tournaient autour des lampes, et l'odeur du jardin, à cause de la nuit venue, devenait une odeur de campagne. Une bouffée d'acacia entra, si distincte, si active, qu'ils se retournèrent tous deux comme pour la voir marcher.

"C'est l'acacia à grappes rosées, dit Léa à demi-voix.

—Oui, dit Chéri. Mais comme il en a bu, ce soir, de la fleur d'oranger!"

Elle le contempla, admirant vaguement qu'il eût trouvé cela. Il respirait le parfum en victime heureuse, et elle se détourna, craignant soudain qu'il ne l'appelât; mais il l'appela quand même, et elle vint.

Elle vint à lui pour l'embrasser, avec un élan de rancune et d'égoïsme et des pensées de châtiment: "Attends, va . . . C'est joliment vrai que tu as une bonne bouche, cette fois-ci, je vais en prendre mon content, parce que j'en ai envie, et je te laisserai, tant pis, je m'en moque, je viens . . ."

Elle l'embrassa si bien qu'ils se délièrent ivres, assourdis, essoufflés, tremblant comme s'ils venaient de se battre . . . Elle se remit debout devant lui qui n'avait pas bougé, qui gisait toujours au fond du fauteuil et elle le défiait tout bas: "Hein? . . . Hein? . . ." et elle s'attendait à être insultée. Mais il lui tendit les bras, ouvrit ses belles mains incertaines, renversa une tête blessée et montra entre ses cils l'étincelle double de deux larmes, tandis qu'il murmurait des paroles, des plaintes, tout un chant animal et amoureux où elle distinguait son nom, des "chérie . . ." des "viens . . ." des "plus te quitter . . ." un chant qu'elle écoutait penchée et pleine d'anxiété, comme si elle lui eût, par mégarde, fait très mal.

* * * * *

Quand Léa se souvenait du premier été en Normandie, elle constatait avec équité: "Des nourrissons méchants, j'en ai eu de plus drôles que Chéri. De plus aimables aussi et de plus intelligents. Mais tout de même, je n'en ai pas eu comme celui-là."

"C'est rigolo, confiait-elle, à la fin de cet été de 1906, à Berthellemy-le-Desséché, il y a des moments où je crois que je couche avec un nègre ou un chinois.

—Tu as déjà eu un chinois et un nègre?

—Jamais.

—Alors?

—Je ne sais pas. Je ne peux pas t'expliquer. C'est une impression."

Une impression qui lui était venue lentement, en même temps qu'un étonnement qu'elle n'avait pas toujours su cacher. Les premiers souvenirs de leur idylle n'abondaient qu'en images de mangeaille fine, de fruits choisis, en soucis de fermière gourmette. Elle revoyait, plus pâle au grand soleil, un Chéri exténué qui se traînait sous les charmilles normandes, s'endormait sur les margelles chaudes des pièces d'eau. Léa le réveillait pour le gaver de fraises, de crème, de lait mousseux et de poulets de grain. Comme assommé, il suivait d'un grand œil vide, à dîner, le vol des éphémères autour de la corbeille de roses, regardait sur son poignet l'heure d'aller dormir, tandis que Léa, déçue et sans rancune, songeait aux promesses que n'avait pas tenues le baiser de Neuilly et patientait bonnement:

"Jusqu'à fin août, si on veut, je le garde à l'épinette. Et puis, à Paris, ouf! je le rends à ses chères études . . ."

Elle se couchait miséricordieusement de bonne heure pour que Chéri, réfugié contre elle, poussant du front et du nez, creusant égoïstement la bonne place de son sommeil, s'endormît. Parfois, la lampe éteinte, elle suivait une flaque de lune miroitante sur le parquet. Elle écoutait, mêlés au clapotis du tremble et aux grillons qui ne s'éteignent ni nuit ni jour, les grands soupirs de chien de chasse qui soulevaient la poitrine de Chéri.

"Qu'est-ce que j'ai donc que je ne dors pas? se demandait-elle vaguement. Ce n'est pas la tête de ce petit sur mon épaule, j'en ai porté de plus lourdes . . . Comme il fait beau . . . Pour demain matin, je lui ai commandé une bonne bouillie. On lui sent déjà moins les côtes. Qu'est-ce que j'ai donc que je ne dors pas? Ah! oui, je me rappelle, je vais faire venir Patron le boxeur, pour entraîner ce petit. Nous avons le temps, Patron d'un côté, moi de l'autre, de bien épater Madame Peloux . . . "

Elle s'endormait, longue dans les draps frais, bien à plat sur le dos, la tête noire du nourrisson méchant couchée sur son sein gauche. Elle s'endormait, réveillée quelquefois—mais si peu!—par une exigence de Chéri, vers le petit jour.

Le deuxième mois de retraite avait en effet amené Patron, sa grande valise, ses petites haltères d'une livre et demie et ses trousses noires, ses gants de quatre onces, ses brodequins de cuir lacés sur les doigts de pieds;—Patron à la voix de jeune fille, aux longs cils, couvert d'un si beau cuir bruni, comme sa valise, qu'il n'avait pas l'air nu quand il retirait sa chemise. Et Chéri, tour à tour hargneux, veule, ou jaloux de la puissance sereine de Patron, commençait l'ingrate et fructueuse gymnastique des mouvements lents et réitérés.

"Un . . . sss . . . deux . . . sss . . . je vous entends pas respirer . . . trois . . . sss . . . Je le vois, votre genou qui trich . . . sss . . ."

Le couvert de tilleuls tamisait le soleil d'août. Un tapis rouge épais, jeté sur le gravier, fardait de reflets violets les deux corps nus du moniteur et de l'élève. Léa suivait des yeux la leçon, très attentive. Pendant les quinze minutes de boxe, Chéri, grisé de ses forces neuves, s'emballait, risquait des coups traîtres et rougissait de colère. Patron recevait les swings comme un mur et laissait tomber sur Chéri, du haut de sa gloire olympique, des oracles plus pesants que son poing célèbre.

"Heu là! que vous avez l'oeil gauche curieux. Si je ne l'aurais pas empêché, il venait voir comment qu'il est cousu, mon gant gauche.

—J'ai glissé, rageait Chéri.

—Ça ne provient pas de l'équilibre, poursuivait Patron. Ça provient du moral. Vous ne ferez jamais un boxeur.

—Ma mère s'y oppose, quelle tristesse!

—Même si votre mère ne s'y opposerait pas, vous ne feriez pas un boxeur, parce que vous êtes méchant. La méchanceté, ça ne va pas avec la boxe. Est-ce pas, madame Léa?"

Léa souriait et goûtait le plaisir d'avoir chaud, de demeurer immobile et d'assister aux jeux des deux hommes nus, jeunes, qu'elle comparait en silence: "Est-il beau, ce Patron! Il est beau comme un immeuble. Le petit se fait joliment. Des genoux comme les siens, ça ne court pas les rues, et je m'y connais. Les reins aussi sont . . . non, seront merveilleux . . . Où diable la mère Peloux a-t-elle pêché . . . Et l'attache du cou! une vraie statue. Ce qu'il est mauvais! Il rit, on jurerait un lévrier qui va mordre . . ." Elle se sentait heureuse et maternelle, et baignée d'une tranquille vertu. "Je le changerais bien pour un autre", se disait-elle devant Chéri nu l'après-midi sous les tilleuls, ou Chéri nu le matin sur la couverture d'hermine, ou Chéri nu le soir au bord du bassin d'eau tiède. "Oui, tout beau qu'il est, je le changerais bien, s'il n'y avait pas une question de conscience." Elle confiait son indifférence à Patron.

"Pourtant, objectait Patron, il est d'un bon modèle. Vous lui voyez déjà des muscles comme à des types qui ne sont pas d'ici, des types de couleur, malgré qu'il n'y a pas plus blanc. Des petits muscles qui ne font pas d'épate. Vous ne lui verrez jamais des biceps comme des cantaloups.

—Je l'espère bien, Patron! Mais je ne l'ai pas engagé pour la boxe, moi!

—Évidemment, acquiesçait Patron en abaissant ses longs cils. Il faut compter avec le sentiment."

Il supportait avec gêne les allusions voluptueuses non voilées et le sourire de Léa, cet insistant sourire des yeux qu'elle appuyait sur lui quand elle parlait de l'amour.

"Évidemment, reprenait Patron, s'il ne vous donne pas toutes satisfactions . . ."

Léa riait:

"Toutes, non . . . mais je puise ma récompense aux plus belles sources du désintéressement, comme vous, Patron.

—Oh! moi . . ."

Il craignait et souhaitait la question qui ne manquait pas de suivre:

—Toujours de même, Patron? Vous vous obstinez?

—Je m'obstine, madame Léa, j'ai encore eu une lettre de Liane, au courrier de midi. Elle dit qu'elle est seule, que je n'ai pas de raisons de m'obstiner, que ses deux amis sont éloignés.

—Alors?

—Alors, je pense que ce n'est pas vrai . . . Je m'obstine parce qu'elle s'obstine. Elle a honte, qu'elle dit, d'un homme qui a un métier, surtout un métier qui oblige de se lever à bon matin, de faire son entraînement tous les jours, de donner des leçons de boxe et de gymnastique raisonnée. Pas plus tôt qu'on se retrouve, pas plus tôt que c'est la scène. "On croirait "vraiment, qu'elle crie, que je ne suis pas "capable de nourrir l'homme que j'aime!" C'est d'un beau sentiment, je ne contredis pas, mais ce n'est pas dans mes idées. Chacun a ses bizarreries. Comme vous dites si bien, madame Léa: c'est une affaire de conscience."

Ils causaient à demi-voix sous les arbres; lui pudique et nu, elle vêtue de blanc, les joues colorées d'un rose vigoureux. Ils savouraient leur amitié réciproque, née d'une inclination pareille vers la simplicité, vers la santé, vers une sorte de gentilhommerie du monde bas. Pourtant Léa ne se fût point choquée que Patron reçût, d'une belle Liane haut cotée, des cadeaux de poids. "Donnant, donnant." Et elle essayait de corrompre, avec des arguments d'une équité antique, la "bizarrerie" de Patron. Leurs causeries lentes, qui réveillaient un peu chaque fois les deux mêmes dieux,—l'amour, l'argent,—s'écartaient de l'argent et de l'amour pour revenir à Chéri, à sa blâmable éducation, à sa beauté "inoffensive au fond", disait Léa; à son caractère "qui n'en est pas un", disait Léa. Causeries où se satisfaisaient leur besoin de confiance et leur répugnance pour des mots nouveaux ou des idées nouvelles, causeries troublées par l'apparition saugrenue de Chéri qu'ils croyaient endormi ou roulant sur une route chaude, Chéri qui surgissait, demi-nu mais armé d'un livre de comptes et le stylo derrière l'oreille.

"Voyez accolade! admirait Patron. Il a tout du caissier.

—Qu'est-ce que je vois? s'écriait de loin Chéri, trois cent vingt francs d'essence? On la boit! nous sommes sortis quatre fois depuis quinze jours! et soixante-dix-sept francs d'huile!

—L'auto va au marché tous les jours, répondait Léa. A propos ton chauffeur a repris trois fois du gigot à déjeuner, il paraît. Tu ne trouves pas que ça excède un peu nos conventions? . . . Quand tu ne digères pas une addition, tu ressembles à ta mère."

A court de riposte, il demeurait un moment incertain, oscillant sur ses pieds fins, balancé par cette grâce volante de petit Mercure qui faisait pâmer et glapir Mme Peloux: "Moi à dix-huit ans! Des pieds ailés, des pieds ailés!" Il cherchait une insolence et frémissait de tout son visage, la bouche entrouverte, le front en avant, dans une attitude tendue qui rendait évidente et singulière l'inflexion satanique des sourcils relevés sur la tempe.

"Ne cherche pas, va, disait bonnement Léa. Oui, tu me hais. Viens m'embrasser. Beau démon. Ange maudit. Petit serin . . ."

Il venait, vaincu par le son de la voix et offensé par les paroles. Patron, devant le couple, laissait de nouveau fleurir la vérité sur ses lèvres pures:

"Pour un physique avantageux, vous avez un physique avantageux. Mais moi, quand je vous regarde, monsieur Chéri, il me semble que si j'étais une femme, je me dirais: "Je repasserai dans une dizaine d'années."

—Tu entends, Léa, il dit dans une dizaine d'années, insinuait Chéri en écartant de lui la tête penchée de sa maîtresse. Qu'est-ce que tu en penses?"

Mais elle ne daignait pas entendre et tapotait, de la main, le jeune corps qui lui devait sa vigueur renaissante, n'importe où, sur la joue, sur la jambe, sur la fesse, avec un plaisir irrévérencieux de nourrice.

"Quel contentement ça vous donne, d'être méchant?" demandait alors Patron à Chéri.

Chéri enveloppait l'hercule lentement, tout entier, d'un regard barbare, impénétrable, avant de répondre:

"Ça me console. Tu ne peux pas comprendre."

A la vérité, Léa n'avait, au bout de trois mois d'intimité, rien compris à Chéri. Si elle parlait encore, à Patron qui ne venait plus que le dimanche, à Berthellemy-le-Desséché qui arrivait sans qu'elle l'invitât mais s'en allait deux heures après, de "rendre Chéri à ses chères études", c'était par une sorte de tradition, et comme pour s'excuser de l'avoir gardé si longtemps. Elle se fixait des délais, chaque fois dépassés. Elle attendait.

"Le temps est si beau . . . et puis sa fugue à Paris l'a fatigué, la semaine dernière . . . Et puis, il vaut mieux que je me donne une bonne indigestion de lui . . ."

Elle attendait en vain, pour la première fois de sa vie, ce qui ne lui avait jamais manqué: la confiance, la détente, les aveux, la sincérité, l'indiscrète expansion d'un jeune amant,—ces heures de nuit totale où la gratitude quasi filiale d'un adolescent verse sons retenue des larmes, des confidences, des rancunes, au sein chaleureux d'une mûre et sûre amie.

"Je les ai tous eus, songeait-elle obstinée, j'ai toujours su ce qu'ils valaient, ce qu'ils pensaient et ce qu'ils voulaient. Et ce gosse-là, ce gosse-là . . . Ce serait un peu fort."

Robuste à présent, fier de ses dix-neuf ans, gai à table, impatient au lit, il ne livrait rien de lui que lui-même, et restait mystérieux comme une courtisane. Tendre? oui, si la tendresse peut percer dans le cri involontaire, le geste des bras refermés. Mais la "méchanceté" lui revenait avec la parole, et la vigilance à se dérober. Combien de fois, vers l'aube, Léa tenant dans ses bras son amant contenté, assagi, l'oeil mi-fermé avec un regard, une bouche, où la vie revenait comme si chaque matin et chaque étreinte le recréaient plus beau que la veille, combien de fois, vaincue elle-même à cette heure-là par l'envie de conquérir et la volupté de confesser, avait-elle appuyé son front contre le front de Chéri:

"Dis . . . parle . . . dis-moi . . ."

Mais nul aveu ne montait de la bouche arquée, et guère d'autres paroles que des apostrophes boudeuses ou enivrées, avec ce nom de "Nounoune" qu'il lui avait donné quand il était petit et qu'aujourd'hui il lui jetait du fond de son plaisir, comme un appel au secours.

"Oui, je t'assure, un chinois ou un nègre", avouait-elle à Anthime de Berthellemy; et elle ajoutait: "je ne peux pas t'expliquer", nonchalante et malhabile à définir l'impression, confuse et forte, que Chéri et elle ne parlaient pas la même langue.

Septembre finissait quand ils revinrent à Paris. Chéri retournait à Neuilly pour "épater", dès le premier soir, Mme Peloux. Il brandissait des chaises, cassait des noix d'un coup de poing, sautait sur le billard et jouait au cow-boy dans le jardin, aux trousses des chiens de garde épouvantés.

"Ouf, soupirait Léa en rentrant seule dans sa maison de l'avenue Bugeaud. Que c'est bon, un lit vide!"

Mais le lendemain soir, pendant qu'elle savourait son café de dix heures en se défendant de trouver la soirée longue et la salle à manger vaste, l'apparition soudaine de Chéri, debout dans le cadre de la porte, Chéri venu sur ses pieds ailés et muets, lui arrachait un cri nerveux. Ni aimable, ni loquace, il accourait à elle.

"Tu n'es pas fou?"

Il haussait les épaules, il dédaignait de se faire comprendre: il accourait à elle. Il ne la questionnait pas: "Tu m'aimes? Tu m'oubliais déjà?" Il accourait à elle.

Un moment après, ils gisaient au creux du grand lit de Léa, tout forgé d'acier et de cuivre. Chéri feignait le sommeil, la langueur, pour pouvoir mieux serrer les dents et fermer les yeux, en proie à une fureur de mutisme. Mais elle l'écoutait quand même, couchée contre lui, elle écoutait avec délices la vibration légère, le tumulte lointain et comme captif dont résonne un corps qui nie son angoisse, sa gratitude et son amour.

"Pourquoi ta mère ne me l'a-t-elle pas appris elle-même hier soir en dînant?

—Elle trouve plus convenable que ce soit moi.

—Non?

—Qu'elle dit.

—Et toi?

—Et moi, quoi?

—Tu trouves ça aussi plus convenable?"

Chéri leva sur Léa un regard indécis.

"Oui."

Il parut penser et répéta:

"Oui, c'est mieux, voyons."

Pour ne le point gêner, Léa détourna les yeux vers la fenêtre. Une pluie chaude noircissait ce matin d'août et tombait droite sur les trois platanes, déjà roussis, de la cour plantée. "On croirait l'automne", remarqua Léa, et elle soupira.

"Qu'est-ce que tu as?" demanda Chéri. Elle le regarda, étonnée:

"Mais je n'ai rien, je n'aime pas cette pluie.

—Ah! bon, je croyais . . .

—Tu croyais?

—Je croyais que tu avais de la peine."

Elle ne put s'empêcher de rire franchement.

"Que j'avais de la peine parce que tu vas te marier? Non, écoute . . . tu es . . . tu es drôle . . ."

Elle éclatait rarement de rire, et sa gaieté vexa Chéri. Il haussa les épaules et alluma une cigarette avec sa grimace habituelle, le menton trop tendu, la lèvre inférieure avancée.

"Tu as tort de fumer avant le déjeuner", dit Léa.

Il répliqua quelque chose d'impertinent qu'elle n'entendit pas, occupée qu'elle était tout à coup d'écouter le son de sa propre voix et l'écho de son conseil quotidien, machinal, répercuté jusqu'au fond de cinq années écoulées . . . "Ça me fait comme la perspective dans les glaces", songea-t-elle. Puis elle remonta d'un petit effort vers la réalité et la bonne humeur.

"Une chance que je passe bientôt la consigne à une autre, pour le tabac à jeun! dit-elle à Chéri.

—Celle-là, elle n'a pas voix au chapitre, déclara Chéri. Je l'épouse, n'est-ce pas? Qu'elle baise la trace de mes pieds divins, et qu'elle bénisse sa destinée. Et ça va comme ça."

Il exagéra la saillie de son menton, serra les dents sur son fume-cigarette, écarta les lèvres et ne réussit à ressembler ainsi, dans son pyjama de soie immaculé, qu'à un prince asiatique, pâli dans l'ombre impénétrable des palais.

Léa, nonchalante dans son saut-de-lit rose, d'un rose qu'elle nommait "obligatoire", remuait des pensées qui la fatiguaient et qu'elle se décida à jeter, une à une, contre le calme feint de Chéri:

"Enfin, cette petite, pourquoi l'épouses-tu?"

Il s'accouda des deux bras à une table, imita inconsciemment le visage composé de Mme Peloux:

"Tu comprends, ma chère . . .

—Appelle-moi Madame, ou Léa. Je ne suis ni ta femme de chambre, ni un copain de ton âge."

Elle parlait sec, redressée dans son fauteuil, sans élever la voix. Il voulut riposter, brava la belle figure un peu meurtrie sous la poudre, et les yeux qui le couvraient d'une lumière si bleue et si franche, puis il mollit et céda d'une manière qui ne lui était pas habituelle:

"Nounoune, tu me demandes de t'expliquer . . . N'est-ce pas, il faut faire une fin. Et puis, il y a de gros intérêts en jeu.

—Lesquels?

—Les miens, dit-il sans sourire. La petite a une fortune personnelle.

—De son père?"

Il bascula, les pieds en l'air.

"Ah! je ne sais pas. T'en as des questions! Je pense. La belle Marie-Laure ne prélève pas quinze cents billets sur sa cassette particulière, hein? Quinze cents billets, et des bijoux de monde bien.

—Et toi?

—Moi, j'ai plus, dit-il avec orgueil.

—Alors, tu n'as pas besoin d'argent."

Il hocha sa tête lisse où le jour courut en moires bleues.

"Besoin, besoin . . . tu sais bien que nous ne comprenons pas l'argent de la même façon. C'est une chose sur laquelle nous ne nous entendons pas.

—Je te rends cette justice que tu m'as épargné ce sujet de conversation pendant cinq ans."

Elle se pencha, mit une main sur le genou de Chéri:

"Dis-moi, petit, qu'est-ce que tu as économisé sur tes revenus, depuis cinq ans?"

Il bouffonna, rit, roula aux pieds de Léa, mais elle l'écarta du pied.

"Sincèrement, dis . . . Cinquante mille par an, ou soixante? Dis-le donc, soixante? soixante-dix?"

Il s'assit sur le tapis, renversa sa tête sur les genoux de Léa.

"Je ne les vaux donc pas?"

Il s'étalait en plein jour, tournait la nuque, ouvrait tout grands ses yeux qui semblaient noirs, mais dont Léa connaissait la sombre couleur brune et rousse. Elle toucha de l'index, comme pour désigner et choisir ce qu'il y avait de plus rare dans tant de beauté, les sourcils, les paupières, les coins de la bouche. Par moments, la forme de cet amant qu'elle méprisait un peu lui inspirait une sorte de respect. "Être beau à ce point-là, c'est une noblesse", pensait-elle.

"Dis-moi, petit . . . Et la jeune personne, dans tout ça? Comment est-elle avec toi?

—Elle m'aime. Elle m'admire. Elle ne dit rien.

—Et toi, comment es-tu avec elle?

—Je ne suis pas, répondit-il avec simplicité.

—Jolis duos d'amour", dit Léa rêveuse.

Il se releva à demi, s'assit en tailleur:

"Je trouve que tu t'occupes beaucoup d'elle, dit-il sévèrement. Tu ne penses donc pas à toi, dans ce cataclysme?"

Elle regarda Chéri avec un étonnement qui la rajeunissait, les sourcils hauts et la bouche entrouverte.

"Oui, toi, Léa. Toi, la victime. Toi, le personnage sympathique dans la chose, puisque je te plaque."

Il avait un peu pâli et semblait, en rudoyant Léa, se blesser lui-même. Léa sourit:

"Mais, mon chéri, je n'ai pas l'intention de rien changer à mon existence. Pendant une huitaine, je retrouverai de temps en temps dans mes tiroirs une paire de chaussettes, une cravate, un mouchoir . . . Et quand je dis une huitaine . . . ils sont très bien rangés, tu sais, mes tiroirs. Ah! et puis je ferai remettre à neuf la salle de bains. J'ai une idée de pâte de verre . . . "

Elle se tut et prit une mine gourmande, en dessinant du doigt dans l'air un plan vague. Chéri ne désarmait pas son regard vindicatif.

"Tu n'es pas content? Qu'est-ce que tu voudrais? Que je retourne en Normandie cacher ma douleur? Que je maigrisse? Que je ne me teigne plus les cheveux? Que madame Peloux accoure à mon chevet?"

Elle imita la trompette de Mme Peloux en battant des avant-bras:

"L'ombre d'elle-même! l'ombre d'elle-même! La "malheureuse a vieilli de cent ans! de cent ans!" C'est ça que tu voudrais?"

Il l'avait écoutée avec un sourire brusque et un frémissement des narines qui était peut-être de l'émotion:

"Oui", cria-t-il.

Léa posa sur les épaules de Chéri ses bras polis, nus et lourds:

"Mon pauvre gosse! Mais j'aurais dû déjà mourir quatre ou cinq fois, à ce compte-là! Perdre un petit amant . . . Changer un nourrisson méchant . . ."

Elle ajouta plus bas, légère:

"J'ai l'habitude.

—On le sait, dit-il âprement. Et je m'en fous! Ça, oui, je m'en fous bien, de ne pas avoir été ton premier amant! Ce que j'aurais voulu, ou plutôt ce qui aurait été . . . convenable . . . propre . . . c'est que je sois le dernier."

Il fit tomber, d'un tour d'épaules, les bras superbes.

"Au fond, ce que j'en dis, n'est-ce pas, c'est pour toi.

—Je comprends parfaitement. Toi, tu t'occupes de moi, moi je m'occupe de ta fiancée, tout ça, c'est très bien, très naturel. On voit que ça se passe entre grands cœurs."

Elle se leva, attendant qu'il répondît quelque goujaterie, mais il se tut et elle souffrit de voir pour la première fois, sur le visage de Chéri, une sorte de découragement.

Elle se pencha, mit ses mains sous les aisselles de Chéri:

"Allons, viens, habille-toi. Je n'ai que ma robe à mettre, je suis prête en dessous, qu'est-ce que tu veux qu'on fasse par un temps pareil, sinon aller chez Schwabe te choisir une perle? Il faut bien que je te fasse un cadeau de noces."

Il bondit, avec un visage étincelant:

"Chouette! Oh, chic, une perle pour la chemise! une un peu rosée, je sais laquelle!

—Jamais de la vie, une blanche, quelque chose de mâle, voyons! Moi aussi, je sais laquelle. Encore la ruine! Ce que je vais en faire, des économies, sans toi!"

Chéri reprit son air réticent:

"Ça, ça dépend de mon successeur."

Léa se retourna au seuil du boudoir et montra son plus gai sourire, ses fortes dents de gourmande, le bleu frais de ses yeux habilement bistrés:

"Ton successeur? Quarante sous et un paquet de tabac! Et un verre de cassis le dimanche, c'est tout ce que ça vaut! Et je doterai tes gosses!"

Ils devinrent tous deux très gais, pendant les semaines qui suivirent. Les fiançailles officielles de Chéri les séparaient chaque jour quelques heures, parfois une ou deux nuits. "Il faut donner confiance", affirmait Chéri. Léa, que Mme Peloux écartait de Neuilly, cédait à la curiosité et posait cent questions à Chéri important, lourd de secrets qu'il répandait dès le seuil, et qui jouait à l'escapade chaque fois qu'il retrouvait Léa:

"Mes amis! criait-il un jour en coiffant de son chapeau le buste de Léa. Mes amis, qu'est-ce qu'on voit au Peloux's Palace depuis hier!

—Ôte ton chapeau de là, d'abord. Et puis n'invoque pas ta vermine d'amis ici. Qu'est-ce qu'il y a encore?"

Elle grondait, en riant d'avance.

"Y a le feu, Nounoune! Le feu parmi ces dames! Marie-Laure et Mame Peloux qui se peignent au-dessus de mon contrat!

—Non?

—Si! c'est un spectacle magnifique. (Gare les hors-d'oeuvre que je te fasse les bras de Mame Peloux . . .) "Le régime dotal! le régime dotal! Pour quoi pas le conseil judiciaire? C'est une insulte personnelle! personnelle! La situation de fortune de mon fils! . . . Apprenez, Madame . . . "

—Elle l'appelait Madame?

—Large comme un parapluie. "Apprenez, Madame, que mon fils n'a pas un sou de dettes depuis sa majorité, et la liste des valeurs achetées depuis mil neuf cent dix représente . . ." Représente ci, représente ça, représente mon nez, représente mon derrière . . . Enfin, Catherine de Médicis en plus diplomate, quoi!"

Les yeux bleus de Léa brillaient de larmes de rire.

"Ah! Chéri! tu n'as jamais été si drôle depuis que je te connais. Et l'autre, la belle Marie-Laure?

—Elle, oh! terrible, Nounoune. Cette femme-là doit avoir un quarteron de cadavres derrière elle. Toute en vert jade, ses cheveux roux, sa peau . . . enfin, dix-huit ans, et le sourire. La trompette de ma mère vénérée ne lui a pas fait bouger un cil. Elle a attendu la fin de la charge pour répondre: "Il vaudrait peut-être mieux, chère Madame, ne pas mentionner trop haut les économies réalisées par votre fils pendant les années mil neuf cent dix et suivantes . . ."

—Pan, dans l'oeil! . . . dans le tien. Où étais-tu, pendant ce temps-là?

—Moi? Dans la grande bergère.

—Tu étais là?"

Elle cessa de rire et de manger.

—Tu étais là? et qu'est-ce que tu as fait?

—Un mot spirituel . . . naturellement. Mame Peloux empoignait déjà un objet de prix pour venger mon honneur, je l'ai arrêtée, sans me lever: "Mère adorée, de la douceur. Imite-moi, imite ma charmante belle-mère, qui est tout miel . . . et tout sucre." C'est là-dessus que j'ai eu la communauté réduite aux acquêts.

—Je ne comprends pas.

—Les fameuses plantations de canne que le pauvre petit prince Ceste a laissées par testament à Marie-Laure . . .

—Oui . . .

—Faux testament. Famille Ceste très excitée! Procès possible! Tu saisis?"

Il jubilait.

"Je saisis, mais comment connais-tu cette histoire?

—Ah! voilà. La vieille Lili vient de s'abattre de tout son poids sur le cadet Ceste, qui a dix-sept ans et des sentiments pieux . . .

—La vieille Lili? quelle horreur!

—. . . et le cadet Ceste lui a murmuré cette idylle, parmi des baisers . . .

—Chéri! j'ai mal au coeur!

—. . . et la vieille Lili m'a repassé le tuyau au jour de maman, dimanche dernier. Elle m'adore, la vieille Lili! Elle est pleine de considération pour moi, parce que je n'ai jamais voulu coucher avec elle!

—Je l'espère bien, soupira Léa. C'est égal . . ."

Elle réfléchissait et Chéri trouva qu'elle manquait d'enthousiasme.

"Hein, dis, je suis épatant? Dis?"

Il se penchait au-dessus de la table et la nappe blanche, la vaisselle où jouait le soleil l'éclairaient comme une rampe.

"Oui . . ."

"C'est égal", songeait-elle, "cette empoisonneuse de Marie-Laure l'a proprement traité de barbeau . . ."

"Il y a du fromage à la crème, Nounoune?

—Oui . . ."

" . . . et il n'a pas plus sauté en l'air que si elle lui jetait une fleur . . ."

"Nounoune, tu me donneras l'adresse? l'adresse des coeurs à la crème, pour mon nouveau cuisinier que j'ai engagé pour octobre?

—Penses-tu! on les fait ici. Un cuisinier, voyez sauce aux moules et vol-au-vent!"

" . . . il est vrai que depuis cinq ans, j'entretiens à peu près cet enfant . . . Mais il a tout de même trois cent mille francs de rente. Voilà. Est-on un barbeau quand on a trois cent mille francs de rente? Ça ne dépend pas du chiffre, ça dépend de la mentalité . . . Il y a des types à qui j'aurais pu donner un demi-million et qui ne seraient pas pour cela des barbeaux . . . Mais Chéri? et pourtant, je ne lui ai jamais donné d'argent . . . Tout de même . . ."

"Tout de même, éclata-t-elle . . . elle t'a traité de maquereau!

—Qui ça?

—Marie-Laure!"

Il s'épanouit et eut l'air d'un enfant:

"N'est-ce pas? n'est-ce pas, Nounoune, c'est bien ça qu'elle a voulu dire?

—Il me semble!"

Chéri leva son verre empli d'un vin de Château-Chalon, coloré comme de l'eau-de-vie:

"Vive Marie-Laure! Quel compliment, hein! Et qu'on m'en dise autant quand j'aurai ton âge, je n'en demande pas plus!

—Si ça suffit à ton bonheur . . ."

Elle l'écouta distraitement jusqu'à la fin du déjeuner. Habitué aux demi-silences de sa sage amie, il se contenta des apostrophes maternelles et quotidiennes: "Prends le pain le plus cuit . . . Ne mange pas tant de mie fraîche . . . Tu n'as jamais su choisir un fruit . . ." tandis que, maussade en secret, elle se gourmandait: "Il faudrait pourtant que je sache ce que je veux! qu'est-ce que j'aurais voulu? Qu'il se dresse en pied: "Madame, vous m'insultez! Madame, je ne suis pas ce que vous croyez!" Au fond, je suis responsable. Je l'ai élevé à la coque, je l'ai gavé de tout . . . A qui l'idée serait-elle venue qu'il aurait un jour l'envie de jouer au père de famille? Elle ne m'est pas venue, à moi! En admettant qu'elle me soit venue, comme dit Patron: "le sang, c'est le sang!" Même s'il avait accepté les propositions de Gladys, il n'aurait fait qu'un tour, le sang de Patron, si on avait parlé de marée à portée de ses oreilles. Mais Chéri, il a du sang de Chéri, lui. Il a . . ."

"Qu'est-ce que tu disais, petit? s'interrompit-elle, je n'écoutais pas.

—Je disais que jamais, tu m'entends, jamais rien ne m'aura fait rigoler comme mon histoire avec Marie-Laure!"

"Voilà, acheva Léa en elle-même, lui, ça le fait rigoler."

Elle se leva d'un mouvement las. Chéri passa un bras sous sa taille, mais elle l'écarta.

"C'est quel jour, ton mariage, déjà?

—Lundi en huit."

Il semblait si innocent et si détaché qu'elle s'effara:

"C'est fantastique!

—Pourquoi fantastique, Nounoune?

—Tu n'as réellement pas l'air d'y songer!

—Je n'y songe pas, dit-il d'une voix tranquille. Tout est réglé. Cérémonie à deux heures, comme ça on ne s'affole pas pour le grand déjeuner. Five o'clock chez Charlotte Peloux. Et puis les sleepings, l'Italie, les lacs . . .

—Ça se reporte donc, les lacs?

—Ça se reporte. Des villas, des hôtels, des autos, des restaurants . . . Monte-Carlo, quoi!

—Mais elle! il y a elle . . .

—Bien sûr, il y a elle. Il n'y a pas beaucoup elle, mais il y a elle.

—Et il n'y a plus moi."

Chéri n'attendait pas la petite phrase et le laissa voir. Un tournoiement maladif des prunelles, une décoloration soudaine de la bouche le défigurèrent. Il reprit haleine avec précaution pour qu'elle ne l'entendît pas respirer et redevint pareil à lui-même:

"Nounoune, il y aura toujours toi.

—Monsieur me comble.

—Il y aura toujours toi, Nounoune . . .—il rit maladroitement—dès que j'aurai besoin que tu me rendes un service."

Elle ne répondit rien. Elle se pencha pour ramasser une fourche d'écaillé tombée et l'enfonça dans ses cheveux en chantonnant. Elle prolongea sa chanson avec complaisance devant un miroir, fière de se dompter si aisément, d'escamoter la seule minute émue de leur séparation, fière d'avoir retenu les mots qu'il ne faut pas dire: "Parle . . . mendie, exige, suspends-toi . . . tu viens de me rendre heureuse . . ."

Mme Peloux avait dû parler beaucoup et longtemps, avant l'entrée de Léa. Le feu de ses pommettes ajoutait à l'éclat de ses grands yeux qui n'exprimaient jamais que le guet, l'attention indiscrète et impénétrable. Elle portait ce dimanche-là une robe d'après-midi noire à jupe très étroite, et personne ne pouvait ignorer que ses pieds étaient très petits ni qu'elle avait le ventre remonté dans l'estomac. Elle s'arrêta de parler, but une gorgée dans le calice mince qui tiédissait dans sa paume et pencha la tête vers Léa avec une langueur heureuse.

"Crois-tu qu'il fait beau? Ce temps! ce temps! Dirait-on qu'on est en octobre?

—Ah! non? . . . Pour sûr que non!" répondirent deux voix serviles.

Un fleuve de sauges rouges tournait mollement le long de l'allée, entre des rives d'asters d'un mauve presque gris. Des papillons souci volaient comme en été, mais l'odeur des chrysanthèmes chauffés au soleil entrait dans le hall ouvert. Un bouleau jaune tremblait au vent, au-dessus d'une roseraie de bengale qui retenait les dernières abeilles.

"Et qu'est-ce que c'est, clama Mme Peloux soudain lyrique, qu'est-ce que c'est que ce temps, à côté de celui qu'ILS doivent avoir en Italie!

—Le fait est . . . Vous pensez! . . ." répondirent les voix serviles.

Léa tourna la tête vers les voix en fronçant les sourcils:

"Si au moins elles ne parlaient pas", murmura-t-elle.

Assises à une table de jeu, la baronne de la Berche et Mme Aldonza jouaient au piquet. Mme Aldonza, une très vieille danseuse, aux jambes emmaillotées, souffrait de rhumatisme déformant, et portait de travers sa perruque d'un noir laqué. En face d'elle et la dominant d'une tête et demie, la baronne de la Berche carrait d'inflexibles épaules de curé paysan, un grand visage que la vieillesse virilisait à faire peur. Elle n'était que poils dans les oreilles, buissons dans le nez et sur la lèvre, phalanges velues . . .

"Baronne, vous ne coupez pas à mon quatre-vingt-dix, chevrota Mme Aldonza.

—Marquez, marquez, ma bonne amie. Ce que je veux, moi, c'est que tout le monde soit content."

Elle bénissait sans trêve et cachait une cruauté sauvage. Léa la considéra comme pour la première fois, avec dégoût, et ramena son regard vers Mme Peloux.

"Au moins, Charlotte a une apparence humaine, elle . . ."

"Qu'est-ce que tu as, ma Léa? Tu n'as pas l'air dans ton assiette?" interrogea tendrement Mme Peloux.

Léa cambra sa belle taille et répondit: "Mais si, ma Lolotte . . . Il fait si bon chez toi que je me laisse vivre . . ." tout en songeant: "Attention . . . la férocité est là aussi . . ." et elle mit sur son visage une impression de bien-être complaisant, de rêverie repue, qu'elle souligna en soupirant:

"J'ai trop mangé . . . je veux maigrir, là! Demain, je commence un régime."

Mme Peloux battit l'air et minauda:

"Le chagrin ne te suffit donc pas?

—Ah! Ah! Ah! s'esclaffèrent Mme Aldonza et la baronne de la Berche. Ah! Ah! Ah!"

Léa se leva, grande dans sa robe d'automne d'un vert sourd, belle sous son chapeau de satin bordé de loutre, jeune parmi ces décombres qu'elle parcourut d'un oeil doux:

"Ah! là là, mes enfants . . . donnez-m'en douze, de ces chagrins-là, que je perde un kilo!

—T'es épatante, Léa, lui jeta la baronne dans une bouffée de fumée.

—Madame Léa, après vous ce chapeau-là, quand vous le jetterez? mendia la vieille Aldonza. Madame Charlotte, vous vous souvenez, votre bleu? Il m'a fait deux ans. Baronne, quand vous aurez fini de faire de l'oeil à Madame Léa, vous me donnerez des cartes?

—Voilà, ma mignonne, en vous les souhaitant heureuses!"

Léa se tint un moment sur le seuil du hall, puis descendit dans le jardin. Elle cueillit une rose de Bengale qui s'effeuilla, écouta le vent dans le bouleau, les tramways de l'avenue, le sifflet d'un train de Ceinture.

Le banc où elle s'assit était tiède et elle ferma les yeux, laissant le soleil lui chauffer les épaules. Quand elle rouvrit les yeux, elle tourna la tête précipitamment vers la maison, avec la certitude qu'elle allait voir Chéri debout sur le seuil du hall, appuyé de l'épaule à la porte . . .

"Qu'est-ce que j'ai?" se demanda-t-elle.

Des éclats de rire aigus, un petit brouhaha d'accueil dans le hall, la mirent debout, un peu tremblante.

"Est-ce que je deviendrais nerveuse?"

"Ah! les voilà, les voilà", trompettait Mme Peloux.

Et la forte voix de basse de la baronne scandait:

"Le p'tit ménage! Le p'tit ménage!"

Léa frémit, courut au seuil et s'arrêta: elle avait, devant elle, la vieille Lili et son amant adolescent, le prince Ceste, qui venaient d'arriver.

Peut-être soixante-dix ans, un embonpoint d'eunuque corseté,—on avait coutume de dire de la vieille Lili qu' "elle passait les bornes" sans préciser de quelles bornes il s'agissait. Une éternelle gaieté enfantine éclairait son visage, rond, rose, fardé, où les gros yeux et la très petite bouche, fine et rentrée, coquetaient sans honte. La vieille Lili suivait la mode, scandaleusement. Une jupe à raies, bleu révolution et blanc, contenait le bas de son corps, un petit spencer bleu béait sur un poitrail nu, à peau gaufrée de dindon coriace; un renard argenté ne cachait pas le cou nu, en pot de fleurs, un cou large comme un ventre et qui avait aspiré le menton . . .

"C'est effroyable", pensa Léa. Elle ne pouvait détacher son regard de quelque détail particulièrement sinistre, le "breton" de feutre blanc, par exemple, gaminement posé en arrière sur la perruque de cheveux courts châtain rosé, ou bien le collier de perles, tantôt visible et tantôt enseveli dans une profonde ravine qui s'était autrefois nommée "collier de Vénus" . . .

"Léa, Léa, ma petite copine!" s'écria la vieille Lili en se hâtant vers Léa. Elle marchait difficilement sur des pieds tout ronds et enflés, ligotés de cothurnes et de barrettes à boucles de pierreries, et s'en congratula la première:

"Je marche comme un petit canard! c'est un genre bien à moi! Guido, ma folie, tu reconnais Mme de Lonval? Ne la reconnais pas trop, ou je te saute aux yeux . . ."

Un enfant mince à figure italienne, vastes yeux vides, menton effacé et faible, baisa vite la main de Léa et rentra dans l'ombre, sans mot dire. Lili le happa au passage et lui plaqua la tête contre son poitrail grenu, en prenant l'assistance à témoin.

"Savez-vous ce que c'est, Madame, savez-vous ce que c'est? C'est mon grand amour, ça, Mesdames!

—Tiens-toi, Lili, conseilla la voix mâle de Mme de la Berche.

—Pourquoi donc? Pourquoi donc? dit Charlotte Peloux.

—Par propreté, dit la baronne.

—Baronne, tu n'es pas aimable! Sont-ils gentils, tous les deux! Ah! soupira-t-elle, ils me rappellent mes enfants.

—J'y pensais, dit Lili avec un rire ravi. C'est notre lune de miel aussi, à nous deux Guido! On vient pour savoir des nouvelles de l'autre jeune ménage! On vient pour se faire raconter tout."

Mme Peloux devint sévère:

"Lili, tu ne comptes pas sur moi pour te raconter des grivoiseries, n'est-ce pas?

—Si, si, si, s'écria Lili en battant des mains. Elle essaya de sautiller, mais parvint seulement à soulever un peu ses épaules et ses hanches. C'est comme ça qu'on m'a, c'est comme ça qu'on me prend! Le péché de l'oreille! On ne me corrigera pas. Cette petite canaille-là en sait quelque chose!"

L'adolescent muet, mis en cause, n'ouvrit pas les lèvres. Ses prunelles noires allaient et venaient sur le blanc de ses yeux comme des insectes effarés. Léa, figée, regardait.

"Madame Charlotte nous a raconté la cérémonie, bêla Mme Aldonza. Sous la fleur d'oranger la jeune dame Peloux était un rêve.

—Une madone! Une madone! rectifia Charlotte Peloux de tous ses poumons, soulevée par un saint délire. Jamais, jamais on n'avait vu un spectacle pareil! Mon fils marchait sur des nuées! Sur des nuées! . . . Quel couple! Quel couple!

—Sous la fleur d'oranger . . . tu entends, ma folie? murmura Lili . . . Dis donc, Charlotte, et notre belle-mère? Marie-Laure?"

L'oeil impitoyable de Mme Peloux étincela.

"Oh! elle . . . Déplacée, absolument déplacée . . . Tout en noir collant, comme une anguille qui sort de l'eau; les seins, le ventre, on lui voyait tout! tout!

—Mâtin! grommela la baronne de la Berche avec une furie militaire.

—Et cet air de se moquer du monde, cet air d'avoir tout le temps du cyanure dans sa poche et un demi-setier de chloroforme dans son réticule! Enfin, déplacée, voilà le mot! Elle a donné l'impression de n'avoir que cinq minutes à elle—à peine la bouche essuyée: "Au revoir, Edmée, au revoir, Fred" et la voilà partie!"

La vieille Lili haletait, assise sur le bord d'un fauteuil, sa petite bouche d'aïeule, aux coins plissés, entrouverte:

"Et les conseils? jeta-t-elle.

—Quels conseils?

—Les conseils,—ô ma folie, tiens-moi la main!—les conseils à la jeune mariée? Qui les lui a donnés?"

Charlotte Peloux la toisa d'un air offensé.

"Ça se faisait peut-être de ton temps, mais c'est un usage tombé."

Gaillarde, la vieille se mit les poings sur les hanches:

"Tombé? tombé ou non, qu'est-ce que t'en peux savoir, ma pauvre Charlotte? On se marie si peu, dans ta famille!

-Ah! Ah! Ah!" s'esclaffèrent imprudemment les deux ilotes . . .

Mais un seul regard de Mme Peloux les consterna.

"La paix, la paix, mes petits anges! Vous avez chacune votre paradis sur la terre, que voulez-vous de plus?"

Et Mme de la Berche étendit une forte main de gendarme pacificateur entre les têtes congestionnées de ces dames. Mais Charlotte Peloux flairait la bataille comme un cheval de sang:

"Tu me cherches, Lili, tu n'auras pas de mal à me trouver! Je te dois le respect et pour cause, sans quoi . . ."

Lili tremblait de rire du menton aux cuisses:

"Sans quoi, tu te marierais rien que pour me donner un démenti? C'est pas difficile de se marier, va! Moi, j'épouserais bien Guido, s'il était majeur!

—Non? fit Charlotte qui en oublia sa colère.

—Mais! . . . Princesse Ceste, ma chère! la PICCOLA PRINCIPESSA! PICCOLA PRINCIPESSA! c'est comme ça qu'il m'appelle, mon petit prince!"

Elle pinçait sa jupe et tournait, découvrant une gourmette d'or à la place probable de sa cheville.

"Seulement, poursuivit-elle mystérieusement, son père . . ."

Elle s'essoufflait, et appela du geste l'enfant muet qui parla bas et précipitamment, comme s'il récitait:

"Mon père, le duc de Parese, veut me mettre au couvent si j'épouse Lili . . .

—Au couvent! glapit Charlotte Peloux. Au couvent, un homme!

—Un homme au couvent! hennit en basse profonde Mme de la Berche. Sacrebleu, que c'est excitant!

—C'est des sauvages", lamenta Aldonza en joignant ses mains informes.

Léa se leva si brusquement qu'elle fit tomber un verre plein.

"C'est du verre blanc, constata Mme Peloux avec satisfaction. Tu vas porter bonheur à mon jeune ménage. Où cours-tu? il y a le feu chez toi?"

Léa eut la force d'esquisser un petit rire cachotier:

"Le feu, peut-être . . . Chut! pas de questions! mystère . . .

—Non? du nouveau? pas possible!"

Charlotte Peloux piaulait de convoitise:

"Aussi, je te trouvais un drôle d'air . . .

—Oui, oui! dites tout!" jappèrent les trois vieilles.

Les paumes à bourrelets de Lili, les moignons déformés de la mère Aldonza, les doigts durs de Charlotte Peloux avaient saisi ses mains, ses manches, son sac de mailles d'or. Elle s'arracha à toutes ces pattes et réussit à rire encore avec un air taquin:

"Non, c'est trop tôt, ça gâterait tout! c'est mon secret! . . ."

Et elle s'élança dans le vestibule. Mais la porte s'ouvrit devant elle et un ancêtre desséché, une sorte de momie badine la prit dans ses bras:

"Léa, ma belle, embrasse ton petit Berthellemy, ou tu ne passeras pas!"

Elle cria de peur et d'impatience, souffleta les os gantés qui la tenaient, et s'enfuit.

* * * * *

Ni dans les avenues de Neuilly, ni dans les allées du Bois, bleues sous un rapide crépuscule, elle ne s'accorda le loisir de penser. Elle grelottait légèrement et remonta la glace de l'automobile. La vue de sa maison nette, de sa chambre rosé et de son boudoir, trop meublé et fleuri, la réconfortèrent:

"Vite, Rose, une flambée dans ma chambre!

—Le calo est pourtant à soixante-dix comme en hiver: Madame a eu tort de ne prendre qu'une bête de cou. Les soirées sont traîtres.

—La boule dans le lit tout de suite, et pour dîner une grande tasse de chocolat bien réduit, un jaune d'oeuf battu dedans, et des rôties, du raisin . . . Vite, mon petit, je gèle. J'ai pris froid dans ce bazar de Neuilly . . . "

Couchée, elle serra les dents et les empêcha de claquer. La chaleur du lit détendit ses muscles contractés, mais elle ne s'abandonna point encore et le livre de comptes du chauffeur Philibert l'occupa jusqu'au chocolat, qu'elle but bouillant et mousseux. Elle choisit un à un les grains de chasselas en balançant la grappe attachée à son bois, une longue grappe d'ambre vert devant la lumière . . .

Puis, elle éteignit sa lampe de chevet, s'étendit à sa mode favorite, bien à plat sur le dos, et se laissa aller.

"Qu'est-ce que j'ai?"

Elle fut reprise d'anxiété, de grelottement. L'image d'une porte vide l'obsédait: la porte du hall flanquée de deux touffes de sauges rouges.

"C'est maladif, se dit-elle, on ne se met pas dans cet état-là pour une porte."

Elle revit aussi les trois vieilles, le cou de Lili, la couverture beige que Mme Aldonza traînait partout avec elle depuis vingt ans.

"A laquelle des trois me faudra-t-il ressembler, dans dix ans?"

Mais cette perspective ne l'épouvanta pas. Pourtant, son anxiété augmentait. Elle erra d'image en image, de souvenir en souvenir, cherchant à s'écarter de la porte vide encadrée de sauges rouges. Elle s'ennuyait dans son lit et tremblait légèrement. Soudain un malaise, si vif qu'elle le crut d'abord physique, la souleva, lui tordit la bouche, et lui arracha, avec une respiration rauque, un sanglot et un nom:

"Chéri!"

Des larmes suivirent, qu'elle ne put maîtriser tout de suite. Dès qu'elle reprit de l'empire sur elle-même, elle s'assit, s'essuya le visage, ralluma la lampe.

"Ah! bon, fit-elle. Je vois."

Elle prit dans la console de chevet un thermomètre, le logea sous son aisselle.

"Trente-sept. Donc, ce n'est pas physique. Je vois. C'est que je souffre. Il va falloir s'arranger."

Elle but, se leva, lava ses yeux enflammés, se poudra, tisonna les bûches, se recoucha. Elle se sentait circonspecte, pleine de défiance contre un ennemi qu'elle ne connaissait pas: la douleur. Trente ans de vie facile, aimable, souvent amoureuse, parfois cupide, venaient de se détacher d'elle et de la laisser, à près de cinquante ans, jeune et comme nue. Elle se moqua d'elle-même, ne perçut plus sa douleur et sourit:

"Je crois que j'étais folle, tout à l'heure. Je n'ai plus rien."

Mais un mouvement de son bras gauche, involontairement ouvert et arrondi pour recevoir et abriter une tête endormie, lui rendit tout son mal et elle s'assit d'un saut.

"Eh bien! ça va être joli", dit-elle à voix haute, sévèrement.

Elle regarda l'heure et vit qu'il était à peine onze heures. Au-dessus d'elle, le pas feutré de la vieille Rose passa, gagna l'escalier de l'étage mansardé, s'éteignit. Léa résista à l'envie d'appeler à son aide cette vieille fille déférente.

"Ah! non, pas d'histoires à l'office, n'est-ce pas?"

Elle se releva, se vêtit chaudement d'une robe de soie ouatée, se chauffa les pieds. Puis elle entrouvrit une fenêtre, tendit l'oreille pour écouter elle ne savait quoi. Un vent humide et plus doux avait amené des nuages, et le Bois tout proche, encore feuillu, murmurait par bouffées. Léa referma la fenêtre, prit un journal dont elle lut la date:

"Vingt-six octobre. Il y a un mois juste que Chéri est marié."

Elle ne disait jamais "qu'Edmée est mariée".

Elle imitait Chéri et n'avait pas encore compté pour vivante cette jeune ombre de femme. Des yeux châtains, des cheveux cendrés, très beaux, un peu crépus,—le reste fondait dans le souvenir comme les contours d'un visage qu'on a vu en songe.

"Ils font l'amour en Italie, à cette heure-ci, sans doute. Et ça, ce que ça m'est égal . . ."

Elle ne fanfaronnait pas. L'image qu'elle se fit du jeune couple, les attitudes familières qu'elle évoqua, le visage même de Chéri, évanoui pour une minute, la ligne blanche de la lumière entre ses paupières sans force, tout cela n'agitait en elle ni curiosité, ni jalousie. En revanche, la convulsion animale la reprit, la courba, devant une encoche de la boiserie gris perle, la marque d'une brutalité de Chéri . . . "La belle main qui a laissé ici sa trace s'est détournée de toi à jamais . . ."

"Ce que je parle bien! Vous allez voir que le chagrin va me rendre poétique!"

Elle se promena, s'assit, se recoucha, attendit le jour. Rose, à huit heures, la trouva assise à son bureau et écrivant, spectacle qui inquiéta la vieille femme de chambre.

"Madame est malade?

—Couci, couça, Rosé. L'âge, tu sais . . . Vidal veut que je change d'air. Tu viens avec moi? L'hiver s'annonce mauvais, ici, on va aller manger un peu de cuisine à l'huile, au soleil.

—Où ça donc?

—Tu es trop curieuse. Fais seulement sortir les malles. Tape-moi bien mes couvertures de fourrure . . .

—Madame emmène l'auto?

—Je crois. Je suis même sûre. Je veux toutes mes commodités, Rose. Songe donc, je pars toute seule: c'est un voyage d'agrément."

Pendant cinq jours, Léa courut Paris, écrivit, télégraphia, reçut des dépêches et des lettres méridionales. Et elle quitta Paris, laissant à Mme Peloux une courte lettre qu'elle avait pourtant recommencée trois fois:

"Ma chère Charlotte,

"Tu ne m'en voudras pas si je pars sans te dire au revoir, et en gardant mon petit secret. Je ne suis qu'une grande folle! . . . Bah! la vie est courte, au moins qu'elle soit bonne.

"Je t'embrasse bien affectueusement. Tu feras mes amitiés au petit quand il reviendra.

"Ton incorrigible, "Léa.

"P. S.—Ne te dérange pas pour venir interviewer mon maître d'hôtel ou le concierge, personne ne sait rien chez moi."

* * * * *

"Sais-tu bien, mon trésor aimé, que je ne trouve pas que tu aies très bonne mine?

—C'est la nuit en chemin de fer", répondit brièvement Chéri.

Mme Peloux n'osait pas dire toute sa pensée. Elle trouvait son fils changé.

"Il est . . . oui, il est fatal", décréta-t-elle; et elle acheva tout haut avec enthousiasme:

"C'est l'Italie!

—Si tu veux", concéda Chéri.

La mère et le fils venaient de prendre ensemble leur petit déjeuner et Chéri avait daigné saluer de quelques blasphèmes flatteurs son "café au lait de concierge", un café au lait gras, blond et sucré que l'on confiait une seconde fois à un feu doux de braise, après y avoir rompu des tartines grillées et beurrées qui recuisaient à loisir et masquaient le café d'une croûte succulente.

Il avait froid dans son pyjama de laine blanche et serrait ses genoux dans ses bras. Charlotte Peloux, coquette pour son fils, inaugurait un saut-de-lit souci et un bonnet du matin, serré aux tempes, qui donnait à la nudité de son visage une importance sinistre.

Comme son fils la regardait, elle minauda:

"Tu vois, j'adopte le genre aïeule! Bientôt la poudre. Ce bonnet-là, tu l'aimes? Il fait dix-huitième, pas? Dubarry ou Pompadour? De quoi ai-je l'air?

—Vous avez l'air d'un vieux forçat, lui assena Chéri. C'est pas des choses à faire, ou bien on prévient."

Elle gémit, puis s'esclaffa:

"Ah! ah! tu l'as, la dent dure!"

Mais il ne riait pas et regardait dans le jardin la neige mince, tombée la nuit sur les gazons. Le gonflement spasmodique, presque insensible, de ses muscles maxillaires trahissait seul sa nervosité. Mme Peloux intimidée imita son silence. Un trille étouffé de sonnette résonna.

"C'est Edmée qui sonne pour son petit déjeuner", dit Mme Peloux.

Chéri ne répondit pas.

"Qu'est-ce qu'il a donc, le calorifère? il fait froid, ici, dit-il au bout d'un moment.

—C'est l'Italie, répéta Mme Peloux avec lyrisme. Tu reviens ici avec du soleil plein les yeux, plein le coeur! Tu tombes dans le pôle! dans le pôle! Les dahlias n'ont pas fleuri huit jours! Mais sois tranquille, mon amour adoré. Ton nid s'avance. Si l'architecte n'avait pas eu une paratyphoïde, ce serait fini. Je l'avais prévenu; si je ne lui ai pas dit vingt fois, je ne lui ai pas dit une: "Monsieur Savaron . . ."

Chéri qui était allé à la fenêtre se retourna brusquement:

"Elle est datée de quand, cette lettre?"

Mme Peloux ouvrit de grands yeux de petit enfant:

"Quelle lettre?

—Cette lettre de Léa que tu m'as montrée tout à l'heure.

—Elle n'est pas datée, mon amour, mais je l'ai reçue la veille de mon dernier dimanche d'octobre.

—Bon. Et vous ne savez pas qui c'est? . . .

—Qui c'est, ma merveille?

—Oui, enfin, le type avec qui elle est partie?"

Le visage nu de Mme Peloux se fit malicieux:

"Non, figure-toi! Personne ne sait! La vieille Lili est en Sicile et aucune de ces dames n'a eu vent de la chose! Un mystère, un mystère angoissant! Pourtant, tu me connais, j'ai bien recueilli ici et là quelques petits renseignements . . ."

La prunelle noire de Chéri bougea sur le blanc de son oeil.

"Quels potins?

—Il s'agirait d'un jeune homme . . . chuchota Mme Peloux. Un jeune homme . . . peu recommandable tu m'entends! . . . Très bien de sa personne, par exemple!"

Elle mentait, choisissant la conjecture la plus basse. Chéri haussa les épaules:

"Ah! là là . . . très bien de sa personne! Cette pauvre Léa, je vois ça d'ici, un petit costaud de l'école à Patron, avec du poil noir sur les poignets et les mains humides . . . Tiens, je me recouche, tu me donnes sommeil."

Traînant ses babouches, il regagna sa chambre, en s'attardant aux longs corridors et aux paliers larges de la maison qu'il lui semblait découvrir. Il buta contre une armoire ventrue et s'étonna:

"Du diable, si je me souvenais qu'il y avait une armoire là . . . Ah ! si, je me rappelle vaguement . . . Et ce type-là, qui ça peut-il être?"

Il interrogeait un agrandissement photographique, pendu funèbre dans son cadre de bois noir, auprès d'une faïence polychrome que Chéri ne reconnaissait pas non plus.

Mme Peloux n'avait pas déménagé depuis vingt-cinq ans et maintenait en leur place toutes les erreurs successives de son goût saugrenu et thésaurisateur. "Ta maison, c'est la maison d'une fourmi qui serait dingo", lui reprochait la vieille Lili, gourmande de tableaux et surtout de peintres avancés. A quoi Mme Peloux répliquait:

"Pourquoi toucher à ce qui est bien?"

Un corridor vert d'eau,—vert couloir d'hôpital, disait Léa,—s'écaillait-il? Charlotte Peloux le faisait repeindre en vert, et cherchait jalousement, pour changer le velours grenat d'une chaise longue, le même velours grenat . . .

Chéri s'arrêta sur le seuil d'un cabinet de toilette ouvert. Le marbre rouge d'une table-lavabo encastrait des cuvettes blanches à initiales, et deux appliques électriques soutenaient des lis en perles. Chéri remonta ses épaules jusqu'à ses oreilles comme s'il souffrait d'un courant d'air:

"Bon Dieu, c'est laid, ce bazar!"

Il repartit à grands pas. La fenêtre, au bout du corridor qu'il arpentait, se parait d'une bordure de petits vitraux rouges et jaunes.

"Il me fallait encore ça", grommela-t-il. Il tourna à gauche et ouvrit une porte—la porte de son ancienne chambre—d'une main rude, sans frapper. Un petit cri jaillit du lit où Edmée achevait de déjeuner.

Chéri referma la porte et contempla sa jeune femme sans s'approcher du lit.

"Bonjour, lui dit-elle en souriant. Comme tu as l'air étonné de me voir!"

Le reflet de la neige l'éclairait d'une lumière bleue et égale. Elle portait défaits ses cheveux crépelés, d'un châtain cendré, qui ne couvraient pas tout à fait ses épaules basses et élégantes. Avec ses joues blanches et rosées comme son vêtement de nuit, sa bouche d'un rose que la fatigue pâlissait, elle était un tableau frais, inachevé et un peu lointain.

"Dis-moi bonjour, Fred?" insista-t-elle.

Il s'assit auprès de sa femme et la prit dans ses bras. Elle se renversa doucement, entraînant Chéri. Il s'accouda pour regarder de tout près, au-dessous de lui, cette créature si neuve que la lassitude ne défleurissait pas. La paupière inférieure, renflée et pleine, sans un coup d'ongle, semblait l'émerveiller, et aussi la suavité argentée de la joue.

"Quel âge as-tu?" demanda-t-il soudain.

Edmée ouvrit ses yeux qu'elle avait tendrement fermés. Chéri vit la couleur noisette des prunelles, les petites dents carrées que le rire découvrait:

"Oh! voyons . . . j'aurai dix-neuf ans le cinq janvier, tâche d'y penser! . . ."

Il retira son bras avec brusquerie et la jeune femme glissa au creux du lit comme une écharpe détachée.

"Dix-neuf ans, c'est prodigieux! Sais-tu que j'en ai plus de vingt-cinq?

—Mais oui, je le sais, Fred . . ."

Il prit sur la table de chevet un miroir d'écaille blonde et s'y mira:

"Vingt-cinq ans!"

Vingt-cinq ans, un visage de marbre blanc et qui semblait invincible. Vingt-cinq ans, mais au coin externe de l'oeil, puis au-dessous de l'oeil, doublant finement le dessin à l'antique de la paupière, deux lignes, visibles seulement en pleine lumière, deux incisions, faites d'une main si redoutable et si légère . . . Il posa le miroir:

"Tu es plus jeune que moi, dit-il à Edmée, ça me choque.

—Pas moi!"

Elle avait répondu d'une voix mordante et pleine de sous-entendus. Il ne s'y arrêta point.

—Tu sais pourquoi j'ai de beaux yeux? lui demanda-t-il avec un grand sérieux.

—Non, dit Edmée. Peut-être parce que je les aime ?

—Poésie, dit Chéri qui haussa les épaules. C'est parce que j'ai l'oeil fait comme une sole.

—Comme une . . .

—Comme une sole."

Il s'assit près d'elle pour la démonstration.

"Tiens, ici, le coin qui est près du nez, c'est la tête de la sole. Et puis ça remonte en haut, c'est le dos de la sole, tandis qu'en dessous ça continue plus droit: le ventre de la sole. Et puis le coin de l'oeil bien allongé vers la tempe, c'est la queue de la sole.

—Ah?

—Oui, si j'avais l'oeil en forme de limande, c'est-à-dire aussi ouvert en bas qu'en haut, j'aurais l'air bête. Voilà. Toi qui es bachelière, tu savais ça, toi?

—Non, j'avoue . . ."

Elle se tut et demeura interdite, car il avait parlé sentencieusement, avec une force superflue, comme certains extravagants.

"Il y a des moments, pensait-elle, où il ressemble à un sauvage. Un être de la jungle? Mais il ne connaît ni les plantes ni les animaux, et il a parfois l'air de ne pas même connaître l'humanité . . ."

Chéri, assis contre elle, la tenait d'un bras par les épaules et maniait de sa main libre les perles petites, très belles, très rondes, toutes égales, du collier d'Edmée. Elle respirait le parfum dont Chéri usait avec excès et fléchissait, enivrée, comme une rosé dans une chambre chaude.

"Fred . . . Viens dormir . . . on est fatigués . . ."

Il ne parut pas entendre. Il fixait sur les perles du collier un regard obstiné et anxieux.

"Fred . . ."

Il tressaillit, se leva, quitta furieusement son pyjama et se jeta tout nu dans le lit, cherchant la place de sa tête sur une jeune épaule où la clavicule fine pointait encore. Edmée obéissait de tout son corps, creusait son flanc, ouvrait son bras. Chéri ferma les yeux et devint immobile. Elle se tenait éveillée avec précaution, un peu essoufflée sous le poids, et le croyait endormi. Mais au bout d'un instant il se retourna d'un saut en imitant le grognement d'un dormeur inconscient, et se roula dans le drap à l'autre bord du lit.

"C'est son habitude", constata Edmée.

* * * * *

Elle devait s'éveiller tout l'hiver dans cette chambre carrée à quatre fenêtres. Le mauvais temps retardait l'achèvement d'un hôtel neuf, avenue Henri-Martin, et aussi les caprices de Chéri qui voulut une salle de bains noire, un salon chinois, un sous-sol aménagé en piscine et un gymnase. Aux objections de l'architecte, il répondait: "Je m'en fous. Je paye, je veux être servi. Je ne regarde pas au prix." Mais, parfois, il épluchait âprement un devis, affirmant qu' "on ne faisait pas le poil au fils Peloux". De fait, il discourait prix de séries, fibro-ciment, et stuc coloré avec une aisance inattendue, une mémoire précise des chiffres qui forçaient la considération des entrepreneurs.

Il consultait peu sa jeune femme, bien qu'il fît parade, pour elle, de son autorité et qu'il prît soin de masquer, à l'occasion, son incertitude par des ordres brefs. Elle découvrit que s'il savait d'instinct jouer avec les couleurs, il méprisait les belles formes et les caractéristiques des styles.

"Tu t'embarrasses d'un tas d'histoires, toi, chose . . . heu . . . Edmée. Une décision pour le fumoir? Tiens, en v'là une: bleu pour les murs, un bleu qui n'a peur de rien. Un tapis violet, d'un violet qui fout le camp devant le bleu des murs. Et puis, là-dedans, ne crains pas le noir, ni l'or pour les meubles et les bibelots.

—Oui, tu as raison, Fred. Mais ce sera un peu impitoyable, ces belles couleurs. Il va manquer la grâce, la note claire, le vase blanc ou la statue . . .

—Que non, interrompait-il assez roidement. Le vase blanc, ce sera moi tout nu. Et n'oublions pas un coussin, un machin, un fourbi quelconque rouge potiron, pour quand je me baladerai tout nu dans le fumoir."

Elle caressait, secrètement séduite et révoltée, de telles images qui transformaient leur demeure future en une sorte de palais équivoque, de temple à la gloire de Chéri. Mais elle ne luttait pas, quémandait avec douceur "un petit coin", pour un mobilier minuscule et précieux, au point sur fond blanc, cadeau de Marie-Laure.

Cette douceur qui cachait une volonté si jeune et déjà si bien exercée lui valut de camper quatre mois chez sa belle-mère, et de déjouer, quatre mois durant, l'affût constant, les pièges tendus quotidiennement à sa sérénité, à sa gaieté encore frileuse, à sa diplomatie; Charlotte Peloux, exaltée par la proximité d'une victime si tendre, perdait un peu la tête et gaspillait les flèches, mordait à tort et à travers . . .

"Du sang-froid, madame Peloux, jetait de temps en temps Chéri. Qui boufferez-vous l'hiver prochain, si je ne vous arrête pas?"

Edmée levait sur son mari des yeux où la peur et la gratitude tremblaient ensemble et essayait de ne pas trop penser, de ne pas trop regarder Mme Peloux. Un soir, Charlotte lança à trois reprises et comme à l'étourdie, par-dessus les chrysanthèmes du surtout, le nom de Léa au lieu de celui d'Edmée. Chéri baissa ses sourcils sataniques:

"Madame Peloux, je crois que vous avez des troubles de mémoire. Une cure d'isolement vous paraît-elle nécessaire?"

Charlotte Peloux se tut pendant une semaine, mais jamais Edmée n'osa demander à son mari: "C'est à cause de moi, que tu t'es fâché?

C'est bien moi que tu défendais? Ce n'est pas l'autre femme, celle d'avant moi?"

Son enfance, son adolescence lui avaient appris patience, l'espoir, le silence, le maniement aisé des armes et des vertus des prisonniers. La belle Marie-Laure n'avait jamais grondé sa fille: elle se bornait à la punir. Jamais une parole dure, jamais une parole tendre. La solitude, puis l'internat, puis encore la solitude de quelques vacances, la relégation fréquente dans une chambre parée; enfin la menace du mariage, de n'importe quel mariage, dès que l'oeil de la mère trop belle discerna sur la fille l'aube d'une autre beauté, beauté timide, comme opprimée, d'autant plus touchante . . . Au prix de cette mère d'ivoire et d'or insensibles, la ronde méchanceté de Charlotte Peloux n'était que rosée . . .

"Tu as peur de ma mère vénérée?" lui demanda un soir Chéri.

Edmée sourit, fit une moue d'insouciance.

"Peur? non. On tressaute pour une porte qui claque, mais on n'a pas peur. On a peur du serpent qui passe dessous . . .

—Fameux serpent, Marie-Laure, hein?

—Fameux."

Il attendit une confidence qui ne vint pas et serra d'un bras les minces épaules de sa femme, en camarade:

"On est quelque chose comme orphelins, nous, pas?

—Oui, on est orphelins ! On est si gentils!"

Elle se colla contre lui. Ils étaient seuls dans le hall. Mme Peloux, comme disait Chéri, préparait en haut ses poisons du lendemain. La nuit encore froide derrière les vitres mirait les meubles et les lampes comme un étang. Edmée se sentait tiède et protégée, confiante aux bras de cet inconnu. Elle leva la tête et cria de saisissement, car il renversait vers le lustre un visage magnifique et désespéré, en fermant les yeux sur deux larmes, retenues et scintillantes entre ses cils . . .

"Chéri, Chéri! Qu'est-ce que tu as?"

Malgré elle, elle lui avait donné ce petit nom trop caressant, qu'elle ne voulait jamais prononcer. Il obéit à l'appel avec égarement, et ramena son regard sur elle.

"Chéri! mon Dieu, j'ai peur . . . Qu'est-ce que tu as?"

Il l'écarta un peu, la tint par les bras en face de lui.

"Ah! ah! cette petite . . . cette petite . . . De quoi donc as-tu peur?"

Il lui livrait ses yeux de velours, plus beaux pour une larme, paisibles, grands ouverts, indéchiffrables. Edmée allait le supplier de se taire quand il parla:

"Ce qu'on est bêtes! . . . C'est cette idée qu'on est orphelins . . . C'est idiot. C'est tellement vrai . . ."

Il reprit son air d'importance comique et elle respira, assurée qu'il ne parlerait pas davantage. En commençant d'éteindre soigneusement les candélabres, il se tourna vers Edmée, avec une vanité très naïve, ou très retorse:

"Tiens, pourquoi est-ce que je n'aurais pas un coeur, moi aussi?"

"Qu'est-ce que tu fais là?"

Bien qu'il l'eût interpellée presque bas, le son de la voix de Chéri atteignit Edmée au point qu'elle plia en avant comme s'il l'eût poussée. Debout, près d'un bureau grand ouvert, elle posait les deux mains sur des papiers épars.

"Je range . . ." dit-elle d'une voix molle. Elle leva une main qui s'arrêta en l'air comme engourdie. Puis elle sembla s'éveiller et cessa de mentir:

"Voilà, Fred . . . Tu m'avais dit que pour notre emménagement prochain, tu avais horreur de t'occuper toi-même de ce que tu veux emporter: cette chambre, ces meubles . . . J'ai voulu, de bonne foi, ranger, trier . . . et puis, le poison est venu, la tentation, les mauvaises pensées—la mauvaise pensée . . . Je te demande pardon. J'ai touché à des choses qui ne m'appartiennent pas."

Elle tremblait bravement et attendait. Il se tenait le front penché, les mains fermées, dans une attitude menaçante, mais il ne paraissait pas voir sa femme. Il avait le regard si voilé qu'elle garda, de cette heure-là, le souvenir d'un colloque avec un homme aux yeux pâles . . .

"Ah! oui, dit-il enfin. Tu cherchais . . . Tu cherchais des lettres d'amour."

Elle ne nia pas.

"Tu cherchais mes lettres d'amour!"

Il rit, de son rire maladroit et contraint. Edmée rougit, blessée:

"Tu me trouves bête, évidemment. Tu n'es pas homme à ne pas les avoir mises en sûreté ou brûlées. Et puis, enfin, cela ne me regardait pas. Je n'ai que ce que je mérite. Tu ne m'en garderas pas trop rancune, Fred?"

Elle priait avec un peu d'effort et se faisait jolie exprès, les lèvres tendues, le haut du visage dissimulé dans l'ombre des cheveux mousseux. Mais Chéri ne changeait pas d'attitude et elle remarqua, pour la première fois, que son beau teint sans nuance prenait la transparence d'une rose blanche d'hiver, et que l'ovale des joues avait maigri.

"Des lettres d'amour . . . répéta-t-il. C'est crevant."

Il fit un pas et prit à poignée des papiers qu'il effeuilla. Cartes postales, factures de restaurants, lettres de fournisseurs, télégrammes des petites copines rencontrées une nuit, pneumatiques d'amis pique-assiette, trois lignes, cinq lignes;—quelques pages étroites, sabrées de l'écriture coupante de Mme Peloux . . .

Chéri se retourna vers sa femme:

"Je n'ai pas de lettres d'amour.

—Oh! protesta-t-elle, pourquoi veux-tu . . .

—Je n'en ai pas, interrompit-il. Tu ne peux pas comprendre. Je ne m'en étais pas aperçu. Je ne peux pas avoir de lettres d'amour, puisque . . ."

Il s'arrêta.

"Ah ! attends, attends. Il y a pourtant une fois, je me souviens, je n'avais pas voulu aller à la Bourboule, et alors . . . Attends, attends . . ."

Il ouvrait des tiroirs, jetait fébrilement des papiers sur le tapis.

"Trop fort! Qu'est-ce que j'en ai fait? J'aurais juré que c'était dans le haut à gauche . . . Non . . ."

Il referma rudement les tiroirs vides et fixa sur Edmée un regard pesant:

"Tu n'as rien trouvé? Tu n'aurais pas pris une lettre qui commençait: "Mais non, je ne m'ennuie pas. On devrait toujours se quitter huit jours par mois", et puis, ça continuait par je ne sais plus quoi, à propos d'un chèvrefeuille qui grimpait à la fenêtre . . ."

Il ne se tut que parce que sa mémoire le trahissait, et esquissa un geste d'impatience. Edmée, raidie et mince, devant lui, ne faiblissait pas:

"Non, non, je n'ai rien PRIS, appuya-t-elle avec une irritation sèche. Depuis quand suis-je capable de PRENDRE? Une lettre qui t'est si précieuse, tu l'as donc laissée traîner? Une lettre pareille, je n'ai pas besoin de demander si elle était de Léa!"

Il tressaillit faiblement, mais non pas comme Edmée l'attendait. Un demi-sourire errant passa sur le beau visage fermé, et la tête inclinée de côté, les yeux attentifs, l'arc délicieux de la bouche détendu, il écouta peut-être l'écho d'un nom . . . Toute la jeune force amoureuse et mal disciplinée d'Edmée creva en cris, en larmes, en gestes des mains tordues ou ouvertes pour griffer:

"Va-t'en! je te déteste! Tu ne m'as jamais aimée! Tu ne te soucies pas plus de moi que si je n'existais pas ! Tu me blesses, tu me méprises, tu es grossier, tu es . . . tu es . . . Tu ne penses qu'à cette vieille femme! Tu as des goûts de malade, de dégénéré, de . . . de . . . Tu ne m'aimes pas! Pourquoi, je me demande, pourquoi m'as-tu épousée? . . . Tu es . . . Tu es . . ."

Elle secouait la tête comme une bête prise par le cou, et quand elle renversait la nuque pour aspirer l'air en suffoquant, on voyait luire les laiteuses petites perles égales de son collier. Chéri contemplait avec stupeur les gestes désordonnés de ce cou charmant et onduleux, l'appel des mains nouées l'une à l'autre, et surtout ces larmes, ces larmes . . . Il n'avait jamais vu tant de larmes . . . Qui donc avait pleuré devant lui, pour lui? Personne, . . . Mme Peloux? "Mais, songea-t-il, les larmes de Mme Peloux, ça ne compte pas . . ." Léa? . . . non. Il consulta, au fond de son souvenir le plus caché, deux yeux d'un bleu sincère, qui n'avaient brillé que de plaisir, de malice et de tendresse un peu moqueuse . . . Que de larmes sur cette jeune femme qui se débat devant lui! Que fait-on pour tant de larmes? Il ne savait pas. Tout de même, il étendit le bras, et comme Edmée reculait, craignant peut-être une brutalité, il lui posa sur la tête sa belle main douce, imprégnée de parfums, et il flatta cette tête désordonnée, en essayant d'imiter une voix et des mots dont il connut le pouvoir:

"Là . . . là . . . Qu'est-ce que c'est . . . Qu'est-ce que c'est donc . . . là . . ."

Edmée fondit brusquement et tomba sur un siège où elle se ramassa toute, et elle se mit à sangloter avec passion, avec une frénésie qui ressemblait à un rire houleux et aux saccades de la joie. Son gracieux corps courbé bondissait, soulevé par le chagrin, l'amour jaloux, la colère, la servilité qui s'ignore, et cependant, comme le lutteur en plein combat, comme le nageur au sein de la vague, elle se sentait baignée dans un élément nouveau, naturel et amer.

* * * * *

Elle pleura longtemps et se remit lentement, par accalmies traversées de grandes secousses, de hoquets tremblés. Chéri s'était assis près d'elle et continuait de lui caresser les cheveux. Il avait dépassé le moment cuisant de sa propre émotion, et s'ennuyait. Il parcourait du regard Edmée, jetée de biais sur le canapé sec, et il n'aimait pas que ce corps étendu, avec sa robe relevée, son écharpe déroulée, aggravât le désordre de la pièce.

Si bas qu'il eût soupiré d'ennui, elle l'entendit et se redressa.

"Oui, dit-elle, je t'excède . . . Ah! il vaudrait mieux . . . "

Il l'interrompit, redoutant un flot de paroles:

"Ce n'est pas ça, mais je ne sais pas ce que tu veux.

—Comment, ce que je veux . . . Comment, ce que je . . . "

Elle montrait son visage enrhumé par les larmes.

"Suis-moi bien. "

Il lui prit les mains. Elle voulut se dégager.

"Non, non, je connais cette voix-là! Tu vas me tenir encore un raisonnement de l'autre monde! Quand tu prends cette voix et cette figure-là, je sais que tu vas me démontrer que tu as l'oeil fait comme un surmulet et la bouche en forme de chiffre trois couché sur le dos! Non, non, je ne veux pas! "

Elle récriminait puérilement, et Chéri se détendit à sentir qu'ils étaient tous les deux très jeunes. Il secoua les mains chaudes qu'il retenait:

"Mais, écoute-moi donc! Bon Dieu, je voudrais savoir ce que tu me reproches! Est-ce que je sors le soir sans toi? Non! Est-ce que je te quitte souvent dans la journée? Est-ce que j'ai une correspondance clandestine?

—Je ne sais pas . . . Je ne crois pas . . . "

Il la faisait virer de côté et d'autre, comme une poupée.

"Est-ce que j'ai une chambre à part? Est-ce que je ne te fais pas bien l'amour?"

Elle hésita, sourit avec une finesse soupçonneuse.

"Tu appelles cela l'amour, Fred . . .

—Il y a d'autres mots, mais tu ne les apprécies pas.

—Ce que tu appelles l'amour . . . est-ce que cela ne peut pas être, justement, une . . . une espèce . . . d'alibi?"

Elle ajouta précipitamment:

"Je généralise, Fred, tu comprends . . . Je dis, cela PEUT être, dans certains cas . . ."

Il lâcha les mains d'Edmée:

"Ça, dit-il froidement, c'est la gaffe.

—Pourquoi? " demanda-t-elle d'une voix faible.

Il siffla, le menton en l'air, en s'éloignant de quelques pas. Puis, il revint sur sa femme, la toisa en étrangère. Une bête terrible n'a pas besoin de bondir pour effrayer,—Edmée vit qu'il avait les narines gonflées et le bout du nez blanc.

"Peuh! . . ." souffla-t-il, en regardant sa femme. Il haussa les épaules et fit demi-tour. Au bout de la chambre, il revint.

"Peuh! . . . répéta-t-il. Ça parle.

—Comment?

—Ça parle et pour dire quoi? Ça se permet, ma parole . . ."

Elle se leva avec rage:

"Fred, cria-t-elle, tu ne me parleras pas deux fois sur ce ton-là! Pour qui me prends-tu?

—Mais pour une gaffeuse, est-ce que je ne viens pas d'avoir l'honneur de te le dire?"

Il lui toucha l'épaule d'un index dur, elle en souffrit comme d'une meurtrissure grave.

"Toi qui es bachelière, est-ce qu'il n'y a pas quelque part un . . . une sentence, qui dit: "Ne touchez "pas au couteau, au poignard", au truc, enfin?

—A la hache, dit-elle machinalement.

—C'est ça. Eh bien, mon petit, il ne faut pas toucher à la hache. C'est-à-dire blesser un homme . . . dans ses faveurs, si j'ose m'exprimer ainsi. Tu m'as blessé dans les dons que je te fais . . . Tu m'as blessé dans mes faveurs.

—Tu . . . tu parles comme une cocotte! " bégayait-elle.

Elle rougissait, perdait sa force et son sang-froid. Elle le haïssait de demeurer pâle, de garder une supériorité dont tout le secret tenait dans le port de tête, l'aplomb des jambes, la désinvolture des épaules et des bras . . .

L'index dur plia de nouveau l'épaule d'Edmée.

"Pardon, pardon. Je vous épaterais bien en affirmant qu'au contraire c'est vous qui pensez comme une grue. En fait d'estimation, on ne trompe pas le fils Peloux. Je m'y connais en "cocottes", comme vous dites. Je m'y connais un peu. Une "cocotte", c'est une dame qui s'arrange généralement pour recevoir plus qu'elle ne donne. Vous m'entendez?"

Elle entendait surtout qu'il ne la tutoyait plus.

"Dix-neuf ans, la peau blanche, les cheveux qui sentent la vanille; et puis, au lit, les yeux fermés et les bras ballants. Tout ça, c'est très joli, mais est-ce quc c'est bien rare? Croyez-vous que c'est bien rare?"

Elle tressaillait à chaque mot et chaque piqûre réveillait pour le duel de femelle à mâle.

"Possible que ce soit rare, dit-elle d'une voix ferme, mais comment pourrais-tu le savoir?"

Il ne répondit pas et elle se hâta de marquer un avantage:

"Moi, dit-elle, j'ai vu en Italie des hommes plus beaux que toi. Ça court les rues. Mes dix-neuf ans valent ceux de la voisine, un joli garçon vaut un autre joli garçon, va, va, tout peut s'arranger . . . Un mariage, à présent, c'est une mesure pour rien. Au lieu de nous aigrir à des scènes ridicules . . ."

Il l'arrêta d'un hochement de tête presque miséricordieux:

"Ah! pauvre gosse . . . ce n'est pas si simple . . .

—Pourquoi? Il y a des divorces rapides, en y mettant le prix."

Elle parlait d'un air tranchant de pensionnaire évadée, qui faisait peine. Ses cheveux soulevés au-dessus de son front, le contour doux et enveloppé de sa joue rendaient plus sombres ses yeux anxieux et intelligents, ses yeux de femme malheureuse, ses yeux achevés et définitifs dans un visage indécis.

"Ça n'arrangerait rien, dit Chéri.

—Parce que?

—Parce que . . ."

Il pencha son front où les sourcils s'effilaient en ailes pointues, ferma les yeux et les rouvrit comme s'il venait d'avaler une amère gorgée:

"Parce que tu m'aimes . . ."

Elle ne prit garde qu'au tutoiement revenu, et surtout au son de la voix, plein, un peu étouffé, la voix des meilleures heures. Elle acquiesça au fond d'elle-même: "C'est vrai, je l'aime; il n'y a pas, en ce moment, de remède."

La cloche du dîner sonna dans le jardin, une cloche trop petite qui datait d'avant Mme Peloux, une cloche d'orphelinat de province, triste et limpide. Edmée frissonna:

"Oh! je n'aime pas cette cloche . . .

—Oui? dit Chéri distraitement.

—Chez nous, on annoncera les repas au lieu de les sonner. Chez nous, on n'aura pas ces façons de pension de famille; tu verras, chez nous . . ."

Elle parlait en suivant le corridor vert hôpital sans se retourner et ne voyait pas, derrière elle, l'attention sauvage que Chéri donnait à ses dernières paroles, ni son demi-rire muet.

Il marchait légèrement, stimulé par un printemps sourd que l'on goûtait seulement dans le vent humide, inégal, dans le parfum exalté de la terre des squares et des jardinets. Une glace lui rappelait de temps en temps, au passage, qu'il portait un chapeau de feutre seyant, rabattu sur l'oeil droit, un ample pardessus léger, de gros gants clairs, une cravate couleur de terre cuite. L'hommage silencieux des femmes le suivait, les plus candides lui dédiaient cette stupeur passagère qu'elles ne peuvent ni feindre, ni dissimuler. Mais Chéri ne regardait jamais les femmes dans la rue. Il quittait l'hôtel de l'avenue Henri-Martin, laissant aux tapissiers quelques ordres, contradictoires mais jetés sur un ton de maître.

Au bout de l'avenue, il respira longuement l'odeur végétale qui venait du Bois sur l'aile lourde et mouillée du vent d'Ouest, et pressa le pas vers la porte Dauphine. En quelques minutes, il atteignit le bas de l'avenue Bugeaud et s'arrêta net. Pour la première fois depuis six mois, ses pieds foulaient le chemin familier. Il ouvrit son pardessus.

"J'ai marché trop vite", se dit-il. Il repartit puis s'arrêta encore et, cette fois, son regard visa un point précis: à cinquante mètres, tête nue, la peau de chamois à la main, le concierge Ernest, le concierge de Léa "faisait" les cuivres de la grille, devant l'hôtel de Léa. Chéri se mit à fredonner en marchant, mais il s'aperçut au son de sa voix qu'il ne fredonnait jamais, et il se tut.

"Ça va, Ernest, toujours à l'ouvrage?"

Le concierge s'épanouit avec réserve.

"Monsieur Peloux! Je suis ravi de voir monsieur, monsieur n'a pas changé.

—Vous non plus, Ernest. Madame va bien?"

Il parlait de profil, attentif aux persiennes fermées du premier étage.

"Je pense, monsieur, nous n'avons eu que quelques cartes postales.

—D'où ça? de Biarritz, je crois?

—Je ne crois pas, monsieur.

—Où est madame?

—Je serais embarrassé de le dire à monsieur: nous transmettons le courrier de madame,—trois fois rien,—au notaire de madame."

Chéri tira son portefeuille en regardant Ernest d'un air câlin.

"Oh, monsieur Peloux, de l'argent entre nous? Vous ne voudriez pas. Mille francs ne feraient pas parler un homme qui en ignore. Si monsieur veut l'adresse du notaire de madame?

—Non, merci, sans façons. Et elle revient quand?"

Ernest écarta les bras:

" Voilà encore une question qui n'est pas de ma compétence! Peut-être demain, peut-être dans un mois . . . J'entretiens, vous voyez. Avec madame, il faut se méfier. Vous me diriez: "la voilà qui tourne au coin de l'avenue", je n'en serais pas plus surpris. "

Chéri se retourna et regarda le coin de l'avenue.

"Monsieur Peloux ne désire rien d'autre? Monsieur passait en se promenant? C'est une belle journée . . .

—Non, merci, Ernest. Au revoir, Ernest.

—Toujours dévoué à monsieur Peloux."

Chéri monta jusqu'à la place Victor-Hugo, en faisant tournoyer sa canne. Il buta deux fois et faillit choir, comme les gens qui se croient âprement regardés dans le dos. Parvenu à la balustrade du métro, il s'accouda, penché sur l'ombre noire et rose du souterrain, et se sentit écrasé de fatigue. Quand il se redressa, il vit qu'on allumait le gaz de la place et que la nuit bleuissait toutes choses.

"Non, ce n'est pas possible? . . . Je suis malade!"

Il avait touché le fond d'une sombre rêverie et se ranimait péniblement. Les mots nécessaires lui vinrent enfin.

"Allons, allons, bon Dieu . . . Fils Peloux, vous déraillez, mon bon ami? Vous ne vous doutez pas qu'il est l'heure de rentrer?"

Ce dernier mot rappela la vision qu'une heure avait suffi à bannir: une chambre carrée, la grande chambre d'enfant de Chéri, une jeune femme anxieuse, debout contre la vitre, et Charlotte Peloux adoucie par un Martini apéritif . . .

"Ah! non, dit-il tout haut. Non . . . Ça, c'est fini."

Au geste de sa canne levée, un taxi s'arrêta.

"Au restaurant . . . euh . . . au restaurant du DRAGON BLEU."

* * * * *

Il traversa le grill-room au son des violons, baigné d'une électricité atroce qu'il trouva tonifiante. Un maître d'hôtel le reconnut, et Chéri lui serra la main. Devant lui, un grand jeune homme creux se leva et Chéri soupira tendrement:

"Ah! Desmond! moi qui avais si envie de te voir! Comme tu tombes!"

La table où ils s'assirent était fleurie d'oeillets roses. Une petite main, une grande aigrette s'agitaient vers Chéri, à une table voisine:

"C'est la Loupiote", avertit le vicomte Desmond . . .

Chéri ne se souvenait pas de la Loupiote, mais il sourit à la grande aigrette, toucha la petite main sans se lever, du bout d'un éventail-réclame. Puis il toisa, de son air le plus grave de conquérant, un couple inconnu, parce que la femme oubliait de manger depuis que Chéri s'était assis non loin d'elle.

"Il a une tête de cocu, pas, le type?"

Pour murmurer ces mots-là, il se penchait à l'oreille de son ami et la joie dans son regard étincelait comme la crue des pleurs.

"Tu bois quoi, depuis que tu es marié? demanda Desmond. De la camomille?

—Du Pommery, dit Chéri.

—Avant le Pommery?

—Du Pommery, avant et après!"

Et il humait dans son souvenir, en ouvrant les narines, le pétillement à odeur de roses d'un vieux Champagne de mil huit cent quatre-vingt-neuf que Léa gardait pour lui seul . . .

Il commanda un dîner de modiste émancipée, du poisson froid au porto, des oiseaux rôtis, un soufflé brûlant dont le ventre cachait une glace acide et rouge . . .

"Hé ha, criait la Loupiote, en agitant vers Chéri un oeillet rose.

—Hé ha", répondit Chéri, en levant son verre.

Le timbre d'un cartel anglais, au mur, sonna huit heures.

"Oh! flûte, grommela Chéri. Desmond, fais-moi une commission au téléphone."

Les yeux pâles de Desmond espérèrent des révélations:

"Va demander Wagram 17-08, qu'on te donne ma mère et dis-lui, que nous dînons ensemble.

—Et si c'est Mme Peloux jeune qui vient à l'appareil?

—La même chose. Je suis très libre, tu vois. Je l'ai dressée."

Il but et mangea beaucoup, très occupé de paraître sérieux et blasé. Mais le moindre éclat de rire, un bris de verre, une valse vaseuse exaltaient son plaisir. Le bleu dur des boiseries miroitantes le ramenait à des souvenirs de la Riviera, aux heures où la mer trop bleue noircit à midi autour d'une plaque de soleil fondu. Il oublia sa froideur rituelle d'homme très beau et se mit à balayer la dame brune, en face, de regards professionnels dont elle frémissait toute.

"Et Léa?" demanda soudain Desmond.

Chéri ne tressaillit pas, il pensait à Léa.

"Léa? elle est dans le Midi.

—C'est fini, avec elle?"

Chéri mit un pouce dans l'entournure de son gilet.

"Oh! naturellement, tu comprends. On s'est quittés très chic, très bons amis. Ça ne pouvait pas durer toute la vie. Quelle femme charmante, intelligente, mon vieux . . . D'ailleurs, tu l'as connue! Une largeur d'idées . . . Très remarquable. Mon cher, je l'avoue, s'il n'y avait pas eu la question d'âge . . . Mais il y avait la question d'âge, et n'est-ce pas . . .

—Évidemment", interrompit Desmond.

Ce jeune homme aux yeux décolorés, qui connaissait à fond son dur et difficile métier de parasite, venait de céder à la curiosité et se le reprochait comme une imprudence. Mais Chéri, tout ensemble circonspect et grisé, ne cessa pas de parler de Léa. Il dit des choses raisonnables, imprégnées d'un bon sens conjugal. Il vanta le mariage, mais en rendant justice aux vertus de Léa. Il chanta la douceur soumise de sa jeune femme, pour trouver l'occasion de critiquer le caractère résolu de Léa: "Ah! la bougresse, je te garantis qu'elle avait ses idées, celle-là!" Il poussa plus loin les confidences, il alla, à l'égard de Léa, jusqu'à la sévérité, jusqu'à l'impertinence. Et pendant qu'il parlait, abrité derrière les paroles imbéciles que lui soufflait une défiance d'amant persécuté, il goûtait le bonheur subtil de parler d'elle sans danger. Un peu plus, il l'eût salie, en célébrant dans son coeur le souvenir qu'il avait d'elle, son nom doux et facile dont il s'était privé depuis six mois, toute l'image miséricordieuse de Léa, penchée sur lui, barrée de deux ou trois grandes rides graves, irréparables, belle, perdue pour lui, mais—bah!—si présente . . .

Vers onze heures, ils se levèrent pour partir, refroidis par le restaurant presque vide. Pourtant, à la table voisine, la Loupiote s'appliquait à sa correspondance, et réclamait des petits bleus. Elle leva vers les deux amis son visage inoffensif de mouton blond, quand ils passèrent:

"Eh bien, on ne dit pas bonsoir?

—Bonsoir", concéda Chéri.

La Loupiote appela, pour admirer Chéri, le témoignage de son amie:

"Crois-tu, hein! et penser qu'il a tant de galette! Il y a des types qui ont tout."

Mais Chéri ne lui offrit que son étui à cigarettes ouvert; et elle devint acerbe.

"Ils ont tout, excepté la manière de s'en servir . . . Rentre chez ta mère, mon chou! . . .

—Justement, dit Chéri à Desmond, quand ils atteignirent la rue. Justement, je voulais te demander, Desmond . . . Attends qu'on soit hors de ce boyau où on est foulé . . ."

La soirée douce et humide attardait les promeneurs, mais le boulevard, après la rue Caumartin, attendait encore la sortie des théâtres. Chéri prit le bras de son ami:

"Voilà, Desmond . . . je voudrais que tu retournes au téléphone."

Desmond s'arrêta.

"Encore?

—Tu appelleras le Wagram . . .

—17-08 . . .

—Je t'adore. Tu diras que je me suis trouvé souffrant chez toi . . . Où demeures-tu?

—A l'Hôtel Morris.

-Parfait . . . Que je rentrerai demain matin, que tu me fais de la menthe . . . Va, vieux. Tiens, tu donneras ça au petit gosse du téléphone, ou bien tu le garderas . . . Reviens vite. Je t'attends à la terrasse de Weber."

Le long jeune homme serviable et rogue partit en froissant des billets dans sa poche et sans se permettre une observation. Il retrouva Chéri penché sur une orangeade intacte, dans laquelle il semblait lire sa destinée.

"Desmond! . . . Qui t'a répondu?

—Une dame, dit laconiquement le messager.

—Laquelle?

—Je ne sais pas.

—Qu'est-ce qu'elle a dit?
—Que c'était bien.
—Sur quel ton?
—Celui sur lequel je te le répète.
—Ah! bon; merci."
"C'était Edmée", pensa Chéri. Ils marchaient vers la place de la Concorde et Chéri avait repris le bras de Desmond. Il n'osait pas avouer qu'il se sentait très las.
"Où veux-tu aller? demanda Desmond.
—Ah! mon vieux, soupira Chéri avec gratitude, au Morris, et tout de suite. Je suis claqué."
Desmond oublia son impassibilité:
"Comment, c'est vrai? On va au Morris? Qu'est-ce que tu veux faire? Pas de blagues, hé? Tu veux . . .
—Dormir, répondit Chéri. Et il ferma les yeux comme prêt à tomber, puis les rouvrit. Dormir, dormir, c'est compris?"
Il serrait trop fort le bras de son ami.
"Allons-y", dit Desmond.
En dix minutes, ils furent au Morris. Le bleu ciel et l'ivoire d'une chambre à coucher, le faux empire d'un petit salon sourirent à Chéri comme de vieux amis. Il se baigna, emprunta à Desmond une chemise de soie trop étroite, se coucha et, calé entre deux gros oreillers mous, sombra dans un bonheur sans rêves, dans un sommeil noir et épais qui le défendait de toutes parts . . .

* * * * *

Il coula des jours honteux, qu'il comptait. "Seize . . . dix-sept . . . Les trois semaines sonnées, je rentre à Neuilly." Il ne rentrait pas. Il mesurait lucidement une situation à laquelle il n'avait plus la force de remédier. La nuit, ou le matin, parfois, il se flattait que sa lâcheté finirait dans quelques heures. "Plus la force? Pardon, pardon . . . Pas encore la force. Mais ça revient. A midi tapant, qu'est-ce que je parie que je suis dans la salle à manger du boulevard d'Inkermann? Une, deux et . . ." Midi tapant le trouvait au bain, ou menant son automobile à côté de Desmond.

L'heure des repas lui accordait un moment d'optimisme conjugal, ponctuel comme une attaque fiévreuse. En s'asseyant à une table de célibataire, en face de Desmond, il voyait apparaître Edmée et songeait en silence à la déférence inconcevable de sa jeune femme: "Elle est trop gentille, aussi, cette petite! A-t-on jamais vu un amour de femme comme celle-là? Pas un mot, pas une plainte! Je vais lui coller un de ces bracelets, quand je rentrerai . . . Ah! l'éducation . . . parlez-moi de Marie-Laure pour élever une jeune fille!" Mais un jour, dans le grill-room du Morris, l'apparition d'une robe verte à col de chinchilla, qui ressemblait à une robe d'Edmée, avait peint sur le visage de Chéri toutes les marques d'une basse terreur.

Desmond trouvait la vie belle et engraissait un peu. Il ne gardait son arrogance que pour les heures où Chéri, sollicité de visiter une "anglaise prodigieuse, noire de vices" ou "un prince indien dans son palais d'opium", refusait en termes concis ou consentait avec un mépris non voilé. Desmond ne comprenait plus rien à Chéri, mais Chéri payait, et mieux qu'au meilleur temps de leur adolescence. Une nuit, ils retrouvèrent la blonde Loupiote, chez son amie dont on oubliait toujours le nom terne: "Chose . . . vous savez bien . . . la copine de la Loupiote . . ."

La Copine fumait et donnait à fumer. Son entresol modeste fleurait, dès l'entrée, le gaz mal clos et la drogue refroidie, et elle conquérait par une cordialité larmoyante, une constante provocation à la tristesse qui n'étaient point inoffensives. Desmond fut traité, chez elle, de "grand gosse désespéré" et Chéri de "beauté qui a tout et qui n'en est que plus malheureux". Mais il ne fuma point, regarda la boîte de cocaïne avec une répugnance de chat qu'on veut purger, et se tint presque toute la nuit assis sur la natte, le dos au capiton bas du mur, entre Desmond endormi et la Copine qui ne cessait de fumer. Presque toute la nuit, il aspira, sage et défiant, l'odeur qui contente la faim et la soif et il sembla parfaitement heureux, sauf qu'il regarda souvent, avec une fixité pénible et interrogatrice, le cou fané de la Copine, un cou rougi et grenu où luisait un collier de perles fausses.

Un moment, Chéri tendit la main, caressa du bout des doigts les cheveux teints au henné sur la nuque de la Copine; il soupesa les grosses perles creuses et légères, puis il retira sa main avec le frémissement nerveux de quelqu'un qui s'est accroché les ongles à une soie éraillée. Peu après, il se leva et partit.

* * * * *

"Tu n'en as pas assez, demanda Desmond à Chéri, de ces boîtes où on mange, où on boit, où tu ne consommes pas de femmes, et de cet hôtel où on claque les portes? Et des boîtes où on va le soir, et de tourner dans ta soixante chevaux de Paris à Rouen, de Paris à Compiègne, de Paris à Ville-d'Avray . . . Parle-moi de la Riviera! Ce n'est pas décembre ni janvier, la saison chic là-bas, c'est mars, c'est avril, c'est . . .

—Non, dit Chéri.

—Alors?

—Alors, rien."

Il s'adoucit sans sincérité et prit ce que Léa nommait autrefois sa "gueule d'amateur éclairé".

"Mon cher . . . tu ne comprends pas la beauté de Paris en cette saison . . . Ce . . . cette indécision, ce printemps qui ne peut pas se dérider, cette lumière douce . . . tandis que la banalité de la Riviera . . . Non, vois-tu, je me plais ici."

Desmond faillit perdre sa patience de valet:

"Oui, et puis peut-être que le divorce Peloux fils . . ."

Les narines sensibles, de Chéri blanchirent.

"Si tu as une combine avec un avocat, décourage-le tout de suite. Il n'y a pas de divorce Peloux fils.

—Mon cher! . . . protesta Desmond qui tâcha de paraître blessé. Tu as une singulière façon de répondre à une amitié d'enfance, qui en toute occasion . . ."

Chéri n'écoutait pas. Il dirigeait du côté de Desmond un menton aminci, une bouche qu'il pinçait en bouche d'avare. Pour la première fois, il venait d'entendre un étranger disposer de son bien.

Il réfléchissait. Le divorce Peloux fils? Il y avait songé à mainte heure du jour et de la nuit, et ces mots-là représentaient alors la liberté, une sorte d'enfance recouvrée, peut-être mieux encore . . . Mais la voix, nasillarde exprès, du vicomte Desmond venait de susciter l'image nécessaire: Edmée quittant la maison de Neuilly, résolue sous son petit chapeau d'auto et son long voile, et s'en allant vers une maison inconnue, où vivait un homme inconnu. "Évidemment, ça arrangerait tout", convint Chéri le bohème. Mais, dans le même temps, un autre Chéri singulièrement timoré regimbait: "Ce n'est pas des choses à faire!" L'image se précisa, gagna en couleurs et en mouvement. Chéri entendit le son grave et harmonieux de la grille et vit, de l'autre côté de la grille, sur une main nue, une perle grise, un diamant blanc . . .

"Adieu . . ." disait la petite main.

Chéri se leva en repoussant son siège.

"C'est à moi, tout ça! La femme, la maison, les bagues, c'est à moi!"

Il n'avait pas parlé haut, mais son visage avouait une si barbare violence que Desmond crut venue la dernière heure de sa prospérité. Chéri s'apitoya sans bonté:

"Pauvre mimi, t'as les foies? Ah! cette vieille noblesse d'épée! Viens, je vais te payer des caleçons pareils à mes chemises, et des chemises pareilles à tes caleçons. Desmond, nous sommes le dix-sept?

—Oui, pourquoi?

—Le dix-sept mars. Autant dire le printemps. Desmond, les gens chic, mais là, les gens véritablement élégants, femmes ou hommes, ils ne peuvent pas attendre plus longtemps avant de s'habiller pour la saison prochaine?

—Difficilement . . .

—De dix-sept, Desmond! . . . Viens, tout va bien. On va acheter un gros bracelet pour ma femme, un énorme fume-cigarette pour Mame Peloux, et une toute petite épingle pour toi!"

* * * * *

Il eut ainsi, à deux ou trois reprises, le pressentiment foudroyant que Léa allait revenir, qu'elle venait de rentrer, que les persiennes du premier étage, ouvertes, laissaient apercevoir le rose floral des brise-bise, le réseau des grands rideaux d'application, l'or des miroirs . . . Le 15 avril passa et Léa ne revenait pas. Des événements agaçants rayaient le cours morne de la vie de Chéri. Il y eut la visite de Mme Peloux, qui pensa perdre la vie devant Chéri plat comme un lévrier, la bouche close et l'oeil mobile. Il y eut la lettre d'Edmée, une lettre tout unie, surprenante, où elle expliquait qu'elle demeurerait à Neuilly "jusqu'à nouvel ordre", et se chargeait pour Chéri des "meilleurs compliments de Mme de la Berche . . ." Il se crut moqué, ne sut répondre et finit par jeter cette lettre incompréhensible; mais il n'alla pas à Neuilly. A mesure qu'avril, vert et froid, fleuri de pawlonias, de tulipes, de jacinthes en bottes et de cytises en grappes, embaumait Paris, Chéri s'enfonçait, seul, dans une ombre austère. Desmond maltraité, harcelé, mécontent, mais bien payé, avait mission tantôt de défendre Chéri contre des jeunes femmes familières et des jeunes hommes indiscrets, tantôt de recruter les uns et les autres pour former une bande qui mangeait, buvait et criaillait entre Montmartre, les restaurants du Bois et les cabarets de la rive gauche.

* * * * *

Une nuit, la Copine, qui fumait seule et pleurait ce soir-là une infidélité grave de son amie la Loupiote, vit entrer chez elle ce jeune homme aux sourcils démoniaques qui s'effilaient sur la tempe. Il réclama "de l'eau bien froide" pour sa belle bouche altérée qu'une secrète ardeur séchait.

Il ne témoigna pas du moindre intérêt pour les malheurs de la Copine, lorsqu'elle les narra en poussant vers Chéri le plateau de laque et la pipe. Il n'accepta que sa part de natte, de silence et de demi-obscurité, et demeura là jusqu'au jour, économe de ses mouvements comme quelqu'un qui craint, s'il bouge, de réveiller une blessure. Au jour levant, il demanda à la Copine: "Pourquoi n'avais-tu pas aujourd'hui ton collier de perles, tu sais, ton gros collier?" et partit courtoisement.

Il prenait l'habitude inconsciente de marcher la nuit, sans compagnon. Rapide, allongé, son pas le menait vers un but distinct et inaccessible. Il échappait, passé minuit, à Desmond qui le retrouvait, vers l'aube, sur son lit d'hôtel, endormi à plat ventre et la tête entre ses bras pliés, dans l'attitude d'un enfant chagrin.

" Ah ! bon, il est là, disait Desmond avec soulagement. Un coco pareil, on ne sait jamais . . . "

Une nuit que Chéri marchait ainsi les yeux grands ouverts dans l'ombre, il remonta l'avenue Bugeaud, car il n'avait pas obéi, de tout le jour écoulé, au fétichisme qui l'y ramenait de quarante-huit heures en quarante-huit heures. Comme les maniaques qui ne peuvent s'endormir sans avoir touché trois fois le bouton d'une porte, il frôlait la grille, posait l'index sur le bouton de la sonnette, appelait tout bas, d'un ton farceur: "Hé ha! . . ." et s'en allait.

Mais une nuit, cette nuit-là, devant la grille, il sentit dans sa gorge un grand coup que frappait son coeur: le globe électrique de la cour luisait comme une lune mauve au-dessus du perron, la porte de l'entrée de service, béante, éclairait le pavé et, au premier étage, les persiennes filtrant la lumière intérieure dessinaient un peigne d'or. Chéri s'adossa à l'arbre le plus proche et baissa la tête.

"Ce n'est pas vrai, dit-il. Je vais relever les yeux et tout sera noir." Il se redressa au son de la voix d'Ernest, le concierge, qui criait dans le corridor:

"Sur les neuf heures, demain matin, je monterai la grande malle noire avec Marcel, Madame!"

Chéri se détourna précipitamment et courut jusqu'à l'avenue du Bois où il s'assit. Le globe électrique qu'il avait regardé dansait devant lui, pourpre sombre cerné d'or, sur le noir des massifs encore maigres. Il appuya la main sur son cœur et respira profondément. La nuit sentait les lilas entrouverts. Il jeta son chapeau, ouvrit son manteau, se laissa aller contre le dossier du banc, étendit les jambes et ses mains ouvertes tombèrent mollement. Un poids écrasant et suave venait de descendre sur lui.

"Ah! dit-il tout bas, c'est le bonheur? . . . je ne savais pas . . ."

Il eut le temps de se prendre en pitié et en mépris, pour tout ce qu'il n'avait pas savouré pendant sa vie misérable de jeune homme riche au petit coeur, puis il cessa de penser pendant un instant ou pendant une heure. Il put croire, après, qu'il ne désirait plus rien au monde, pas même d'aller chez Léa.

Quand il frissonna de froid et qu'il entendit les merles annoncer l'aurore, il se leva, trébuchant et léger, et reprit le chemin de l'Hôtel Morris, sans passer par l'avenue Bugeaud. Il s'étirait, élargissait ses poumons et débordait d'une mansuétude universelle:

"Maintenant, soupirait-il exorcisé, maintenant . . . Ah! maintenant, je vais être tellement gentil pour la petite . . ."

* * * * *

Levé à huit heures, rasé, chaussé, fébrile, Chéri secoua Desmond qui dormait livide, affreux à voir et gonflé dans le sommeil comme un noyé:

"Desmond! hep! Desmond! . . . Assez! T'es trop vilain quand tu dors!"

Le dormeur s'assit et arrêta sur son ami le regard de ses yeux couleur d'eau trouble. Il feignit l'abrutissement pour prolonger un examen attentif de Chéri, Chéri vêtu de bleu, pathétique et superbe, pâle sous un velours de poudre habilement essuyé . . . Il y avait encore des heures où Desmond souffrait, dans sa laideur apprêtée, de la beauté de Chéri. Il bâilla exprès, longuement: "Qu'est-ce qu'il y a encore?" se demandait-il en bâillant; "cet imbécile est plus beau qu'hier. Ces cils surtout, ces cils qu'il a . . ." Il regardait les cils de Chéri, lustrés et vigoureux, et l'ombre qu'ils versaient à la sombre prunelle et au blanc bleu de l'oeil. Desmond remarqua aussi que la dédaigneuse bouche arquée s'ouvrait, ce matin-là, humide, ravivée, un peu haletante, comme après une volupté hâtive. Puis il relégua sa jalousie au plan lointain de ses soucis sentimentaux et questionna Chéri sur un ton de condescendance lassée:

"Peut-on savoir si tu sors à cette heure, ou si tu rentres?

—Je sors, dit Chéri. Ne t'occupe pas de moi. Je vais faire des courses. Je vais chez la fleuriste. Chez le bijoutier, chez ma mère, chez ma femme, chez . . .

—N'oublie pas le nonce, dit Desmond.

—Je sais vivre, répliqua Chéri. Je lui porterai des boutons de chemise en titre-fixe et une gerbe d'orchidées."

Chéri répondait rarement à une plaisanterie et l'accueillait toujours froidement. L'importance de cette terne riposte éclaira Desmond sur l'état insolite de son ami. Il considéra l'image de Chéri dans la glace, nota la blancheur des narines dilatées, la mobilité errante du regard, et risqua la plus discrète des questions:

"Tu rentres déjeuner? . . . Hep, Chéri, je te cause. Nous déjeunons ensemble?"

Chéri fit: "Non" de la tête. Il sifflotait en carrant son reflet dans le miroir oblong, juste à sa taille comme celui de la chambre de Léa, entre les deux fenêtres. Tout à l'heure, dans l'autre miroir, un cadre d'or lourd sertirait, sur un fond rosé ensoleillé, son image nue ou drapée d'une soierie lâche, sa fastueuse image de beau jeune homme aimé, heureux, choyé, qui joue avec les colliers et les bagues de sa maîtresse . . . "Elle y est peut-être déjà, dans le miroir de Léa, l'image du jeune homme? . . ." Cette pensée traversa son exaltation avec une telle virulence qu'il crut, hébété, l'avoir entendue.

"Tu dis? demanda-t-il à Desmond.

—Je ne dis rien, répondit le docile ami gourmé. C'est dans la cour qu'on parle."

Chéri quitta la chambre de Desmond, claqua la porte et retourna dans son appartement. La rue de Rivoli, éveillée, l'emplissait d'un tumulte doux, connu, et Chéri pouvait apercevoir, par la fenêtre ouverte, les feuilles printanières, raides et transparentes comme des lames de jade sous le soleil. Il ferma la fenêtre et s'assit sur un petit siège inutile qui occupait un coin triste contre le mur, entre le lit et la porte de la salle de bains.

"Comment cela se fait-il? . . ." commença-t-il à voix basse. Puis il se tut. Il ne comprenait pas pourquoi, en l'espace de six mois et demi, il n'avait presque jamais pensé à l'amant de Léa.

"Je ne suis qu'une grande folle", disait la lettre de Léa pieusement conservée par Charlotte Peloux.

"Une grande folle?" Chéri secoua la tête. "C'est drôle, je ne la vois pas comme ça. Qu'est-ce qu'elle peut aimer, comme homme? Un genre Patron? Plutôt qu'un genre Desmond, naturellement . . . Un petit argentin bien ciré? encore . . . Mais tout de même . . ."

Il sourit avec naïveté: "En dehors de moi, qu'est-ce qui peut bien lui plaire?"

Un nuage passa sur le soleil de mars et la chambre fut noire. Chéri appuya sa tête contre le mur. "Ma Nounoune . . . Ma Nounoune . . . tu m'as trompé? Tu m'as salement trompé? . . . Tu m'as fait ça?"

Il fouettait son mal avec des mots et avec des images qu'il construisait péniblement, étonné et sans fureur. Il tâchait d'évoquer les jeux du matin, chez Léa, certains après-midi de plaisir long et parfaitement silencieux, chez Léa,—le sommeil délicieux de l'hiver dans le lit chaud et la chambre fraîche, chez Léa . . . Mais il ne voyait toujours aux bras de Léa, dans le jour couleur de cerise qui flambait derrière les rideaux de Léa, l'après-midi, qu'un seul amant: Chéri. Il se leva comme ressuscité dans un mouvement de foi spontanée:

"C'est bien simple! Si je n'arrive pas à en voir un autre que moi auprès d'elle, c'est qu'il n'y en a pas d'autre!"

Il saisit le téléphone, faillit appeler, puis raccrocha le récepteur doucement.

"Pas de blagues . . ."

Il sortit, très droit, effaçant les épaules. Sa voiture découverte l'emmena chez le joaillier où il s'attendrit sur un petit bandeau fin, des saphirs d'un bleu brûlant dans une monture d'acier bleu invisible, "tout à fait une coiffure pour Edmée", qu'il emporta. Il acheta des fleurs un peu bêtes et cérémonieuses. Comme onze heures sonnaient à peine, il usa encore une demi-heure ça et là, dans une Société de crédit où il prit de l'argent, près d'un kiosque où il feuilleta des illustrés anglais, dans un dépôt de tabacs orientaux, chez son parfumeur. Enfin, il remonta en voiture, s'assit entre sa gerbe et ses paquets noués de rubans.

"A la maison."

Le chauffeur se retourna dans son baquet:

"Monsieur? . . . Monsieur m'a dit? . . .

—J'ai dit: à la maison, boulevard d'Inkermann. Il vous faut un plan de Paris?"

La voiture s'élança vers les Champs-Elysées. Le chauffeur faisait du zèle et son dos plein de pensées semblait se pencher, inquiet, sur l'abîme qui séparait le jeune homme veule du mois passé, le jeune homme aux "si vous voulez" et aux "un glass, Antonin?" de monsieur Peloux le fils, exigeant avec le personnel et attentif à l'essence.

"Monsieur Peloux le fils", adossé au maroquin et le chapeau sur les genoux, buvait le vent et tendait toute sa volonté à ne pas penser. Il ferma lâchement les yeux, entre l'avenue Malakoff et la porte Dauphine, pour ne pas voir passer l'avenue Bugeaud, et se félicita: "J'en ai du courage!"

Le chauffeur corna, boulevard d'Inkermann, pour demander la porte qui chanta sur ses gonds avec une longue note grave et harmonieuse. Le concierge en casquette s'empressait, la voix des chiens de garde saluait l'odeur reconnue de celui qui arrivait. Très à l'aise, respirant le vert arôme des gazons tondus, Chéri entra dans la maison et monta d'un pas de maître vers la jeune femme qu'il avait quittée, trois mois auparavant, comme un marin d'Europe délaisse, de l'autre côté du monde, une petite épouse sauvage.

Léa rejeta loin d'elle, sur le bureau ouvert, les photographies qu'elle avait tirées de la dernière malle: "Que les gens sont vilains, mon Dieu! Et elles ont osé me donner ça. Et elles pensent que je vais les mettre en effigie sur ma cheminée, dans un cadre nickelé, peut-être, ou dans un petit portefeuille-paravent? Dans la corbeille aux papiers, oui, et en quatre morceaux! . . ."

Elle alla reprendre les photographies, et avant de les déchirer elle y jeta le plus dur regard dont fussent capables ses yeux bleus. Sur un fond noir de carte postale, une forte dame à corset droit voilait ses cheveux, et le bas de ses joues, d'un tulle soulevé par la brise. "A ma chère Léa, en souvenir des heures exquises de Guéthary: Anita." Au centre d'un carton rugueux comme du torchis, une autre photographie groupait une famille, nombreuse et morne, une sorte de colonie pénitentiaire gouvernée par une aïeule basse sur pattes, fardée, qui élevait en l'air un tambourin de cotillon et posait un pied sur le genou tendu d'une sorte de jeune boucher robuste et sournois.

"Ça ne mérite pas de vivre", décida Léa en cassant le carton-torchis.

Une épreuve non collée qu'elle déroula remit devant elle ce couple âgé de demoiselles provinciales, excentriques, criardes, batailleuses, assises tous les matins sur un banc de promenade méridional, tous les soirs entre un verre de cassis et le carré de soie où elles brodaient un chat noir, un crapaud, une araignée: "A notre jolie fée! ses petites camarades du Trayas, Miquette et Riquette."

Léa détruisit ces souvenirs de voyage et passa la main sur son front:

"C'est horrible. Et après celles-là, comme avant celles-là, d'autres,—d'autres qui ressembleront à celles-là. Il n'y a rien à y faire. C'est comme ça. Peut-être que, partout où il y a une Léa, sortent de terre des espèces de Charlotte Peloux, de La Berche, d'Aldonzas, des vieux affreux qui ont été des jeunes beaux, des gens, enfin, des gens impossibles, impossibles, impossibles . . ."

Elle entendit, dans son souvenir récent, des voix qui l'avaient hélée sur des perrons d'hôtel, qui avaient crié vers elle, de loin: "hou-hou!" sur des plages blondes, et elle baissa le front, d'un mouvement taurin et hostile.

Elle revenait, après six mois, un peu maigrie et amollie, moins sereine. Un tic bougon abaissait parfois son menton sur son col, et des teintures de rencontre avaient allumé dans ses cheveux une flamme trop rouge. Mais son teint, ambré, fouetté par le soleil et la mer, fleurissait comme celui d'une belle fermière et eût pu se passer de fard. Encore fallait-il draper prudemment, sinon cacher tout à fait le cou flétri, cerclé de grands plis où le hâle n'avait pu pénétrer.

Assise, elle s'attardait à des rangements menus et cherchait autour d'elle, comme elle eût cherché un meuble disparu, son ancienne activité, sa promptitude à parcourir son douillet domaine.

"Ah! ce voyage, soupira-t-elle. Comment ai-je pu? . . . Que c'est fatigant!"

Elle fronça les sourcils et fit sa nouvelle moue bougonne, en constatant qu'on avait brisé la vitre d'un petit tableau de Chaplin, une tête de jeune fille, rose et argentée, que Léa trouvait ravissante.

"Et un accroc large comme les deux mains dans le rideau d'application . . . Et je n'ai encore vu que ça . . . Où avais-je la tête de m'en aller si longtemps? Et en l'honneur de qui? . . . Comme si je n'aurais pas pu passer mon chagrin ici, bien tranquillement."

Elle se leva pour aller sonner, rassembla les mousselines de son peignoir en s'apostrophant crûment:

"Vieux trottin, va . . ."

La femme de chambre entra, chargée de lingeries et de bas de soie:

"Onze heures, Rose. Et ma figure qui n'est pas faite! Je suis en retard . . .

—Madame n'a rien qui la presse. Madame n'a plus ces demoiselles Mégret pour traîner madame en excursion et venir dès le matin pour cueillir toutes les roses de la maison. Ce n'est plus monsieur Roland qui fera endêver madame en lui jetant des petits graviers dans sa chambre . . .

—Rose, il y a de quoi nous occuper dans la maison. Je ne sais pas si trois déménagements valent un incendie, mais je suis sûre que six mois d'absence valent une inondation. Tu as vu le rideau de dentelle?

—C'est rien . . . Madame n'a pas vu la lingerie: des crottes de souris partout et le parquet mangé. Et c'est tout de même bien curieux que je laisse à Émérancie vingt-huit essuie-verres et que j'en retrouve vingt-deux.

—Non?

—C'est comme je dis à madame."

Elles se regardèrent avec une indignation égale, attachées toutes deux à cette maison confortable, assourdie de tapis et de soieries, à ses armoires pleines et à ses sous-sols ripolinés. Léa se claqua le genou de sa forte main:

"Ça va changer, mon petit! Si Ernest et Émérancie ne veulent pas leurs huit jours, ils retrouveront les six essuie-verres. Et ce grand idiot de Marcel, tu lui avais bien écrit de revenir?

—Il est là, madame."

Prompte à se vêtir, Léa ouvrit les fenêtres et s'accouda pour contempler complaisamment son avenue aux arbres renaissants. Plus de vieilles filles flatteuses et plus de monsieur Roland, ce lourd et athlétique jeune homme de Cambo . . .

"Ah! l'imbécile! . . ." soupira-t-elle.

Mais elle pardonnait à ce passant sa niaiserie, et ne lui faisait grief que d'avoir déplu. Dans sa mémoire de femme saine au corps oublieux, monsieur Roland n'était plus qu'une forte bête un peu ridicule, et qui s'était montrée si maladroite . . . Léa eût nié, à présent, qu'un flot aveuglant de larmes,—certain soir de pluie où l'averse roulait parfumée sur des géraniums-rosats,—lui avait caché monsieur Roland, un instant, derrière l'image de Chéri . . .

La brève rencontre ne laissait à Léa ni regrets, ni gêne. L' "imbécile" et sa vieille follette de mère auraient trouvé chez elle, après comme avant, dans la villa louée à Cambo, les goûters bien servis, les rockings sur le balcon de bois, le confort aimable que savait dispenser Léa et dont elle tirait fierté. Mais l'imbécile, blessé, s'en était allé, laissant Léa aux soins d'un raide et bel officier grisonnant qui prétendait épouser "Mme de Lonval".

"Nos âges, nos fortunes, nos goûts d'indépendance et de mondanité, tout ne nous destine-t-il pas l'un à l'autre?" disait à Léa le colonel resté mince.

Elle riait, elle prenait du plaisir à la compagnie de cet homme assez sec qui mangeait bien et buvait sans se griser. Il s'y trompa, lut dans les beaux yeux bleus, dans le sourire confiant et prolongé de son hôtesse, le consentement qu'elle tardait à donner . . . Un geste précis marqua la fin de leur amitié commençante, que Léa regretta en s'accusant honnêtement dans son for intérieur.

"C'est ma faute! On ne traite pas un colonel Ypoustègue, d'une vieille famille basque, comme un monsieur Roland. Pour l'avoir remisé, je l'ai ce qui s'appelle remisé . . . Il aurait agi en homme chic et en homme d'esprit s'il était revenu le lendemain, dans son break, fumer un cigare chez moi et lutiner mes vieilles filles . . ."

Elle ne s'avisait pas qu'un homme mûr accepte un congé, mais non pas certains coups d'œil qui le jaugent physiquement, qui le comparent clairement à un autre, à l'inconnu, à l'invisible . . .

Léa, embrassée à l'improvisée, n'avait pas retenu ce terrible et long regard de la femme qui sait à quelles places l'âge impose à l'homme sa flétrissure: des mains sèches et soignées, sillonnées de tendons et de veines, ses yeux remontèrent au menton détendu, au front barré de rides, revinrent cruellement à la bouche prise entre des guillemets de rides . . . Et toute la distinction de la "baronne de Lonval" creva dans un: "Ah! là! là! . . ." si outrageant, si explicite et populacier, que le beau colonel Ypoustègue passa le seuil pour la dernière fois.

* * * * *

"Mes dernières idylles", songeait Léa accoudée à la fenêtre. Mais le beau temps parisien, l'aspect de la cour propre et sonore et des lauriers en boules rondes dans leurs caisses vertes, la bouffée tiède et odorante qui s'évadait de la chambre en caressant sa nuque, la remplissaient peu à peu de malice et de bonne humeur. Des silhouettes de femmes passaient, descendant vers le Bois. "Voilà encore les jupes qui changent", constata Léa, "et les chapeaux qui montent". Elle projeta des visites chez le couturier, chez Lewis, une brusque envie d'être belle la redressa.

"Belle? Pour qui? Tiens, pour moi. Et puis, pour vexer la mère Peloux."

Léa n'ignorait pas la fuite de Chéri, mais elle ne savait que sa fuite. Tout en blâmant les procédés de police de Mme Peloux, elle tolérait qu'une jeune vendeuse de modes, qu'elle gâtait, épanchât sa gratitude adroite en potins versés dans l'oreille de Léa pendant l'essayage, ou consignés avec "mille mercis pour les exquis chocolats" en travers d'une grande feuille à en-tête commercial. Une carte postale de la vieille Lili avait rejoint Léa à Cambo, carte postale où la folle aïeule, sans points ni virgules et d'une écriture tremblée, contait une incompréhensible histoire d'amour, d'évasion, de jeune épouse séquestrée à Neuilly . . .

"Il faisait un temps pareil, se rappela Léa, le matin où je lisais la carte postale de la vieille Lili, dans mon bain, à Cambo . . ."

Elle revoyait la salle de bains jaune, le soleil dansant sur l'eau et au plafond. Elle entendait les échos de la villa mince et sonore rejeter un grand éclat de rire assez féroce et pas très spontané, le sien, puis les appels qui l'avaient suivi: "Rose! . . . Rose! . . ."

Les épaules et les seins hors de l'eau, ressemblant plus que jamais—ruisselante et robuste et son bras magnifique étendu,—à une figure de fontaine, elle agitait au bout de ses doigts le carton humide:

"Rose, Rose! Chéri . . . Monsieur Peloux a fichu le camp! Il a laissé sa femme!

—Madame ne m'en voit pas surprise, disait Rose; le divorce sera plus gai que le mariage, où ils portaient tous le diable en terre . . ."

Cette journée-là, une hilarité incommode accompagna Léa:

"Ah! mon poison d'enfant! Ah! le mauvais gosse! Voyez-vous! . . ."

Et elle secouait la tête en riant tout bas, comme fait une mère dont le fils a découché pour la première fois . . .

* * * * *

Un phaéton verni fila devant la grille, étincela et disparut, presque silencieux sur ses roues caoutchoutées et les pieds fins de ses trotteurs.

"Tiens, Spéleïeff, constata Léa. Brave type. Et voilà Merguilier sur son cheval pie: onze heures. Berthellemy-le-Desséché va suivre et aller dégeler ses os au Sentier de la vertu . . . C'est curieux ce que les gens peuvent faire la même chose toute la vie. On croirait que je n'ai pas quitté Paris si Chéri était là. Mon pauvre Chéri, c'est fini de lui, à présent. La noce, les femmes, manger à n'importe quelle heure, boire trop . . . C'est dommage. Qui sait s'il n'aurait pas fait un brave homme, s'il avait seulement eu une bonne petite gueule rose de charcutier et les pieds plats? "

Elle quitta la fenêtre en frottant ses coudes engourdis, haussa les épaules: "On sauve Chéri une fois, mais pas deux". Elle polit ses ongles, souffla: "ha" sur une bague ternie, mira de près le rouge mal réussi de ses cheveux et leurs racines blanchissantes, nota quelques lignes sur un carnet. Elle agissait très vite et moins posément que d'habitude, pour lutter contre une atteinte sournoise d'anxiété qu'elle connaissait bien et qu'elle nommait—niant jusqu'au souvenir de son chagrin—son mal de coeur moral. Elle eut envie, en peu d'instants et par saccades, d'une victoria bien suspendue, attelée d'un cheval de douairière, puis d'une automobile extrêmement rapide, puis d'un mobilier de salon directoire. Elle songea même à modifier sa coiffure qu'elle portait haute depuis vingt ans et dégageant la nuque. "Un petit rouleau bas, comme Lavallière ? . . . Ça me permettrait d'aborder les robes à ceinture lâche de cette année.

En somme, avec un régime et mon henné bien refait, je peux prétendre encore à dix,—non, mettons cinq ans, de . . ."

Un effort la remit en plein bon sens, en plein orgueil lucide.

"Une femme comme moi n'aurait pas le courage de finir? Allons, allons, nous en avons eu, ma belle, pour notre grade." Elle toisait la grande Léa debout, les mains aux hanches et qui lui souriait.

"Une femme comme ça ne fait pas une fin dans les bras d'un vieux. Une femme comme ça, qui a eu la chance de ne jamais salir ses mains ni sa bouche sur une créature flétrie! . . . Oui, la voilà, la "goule" qui ne veut que de la chair fraîche . . ."

Elle appela dans son souvenir les passants et les amants de sa jeunesse préservée des vieillards, et se trouva pure, fière, dévouée depuis trente années à des jouvenceaux rayonnants ou à des adolescents fragiles.

"Et c'est à moi qu'elle doit beaucoup, cette chair fraîche! Combien sont-ils à me devoir leur santé, leur beauté, des chagrins bien sains et des laits de poule pour leurs rhumes, et l'habitude de faire l'amour sans négligence et sans monotonie? . . . Et j'irais maintenant me pourvoir, pour ne manquer de rien dans mon lit, d'un vieux monsieur de . . . de . . ."

Elle chercha et décida avec une inconscience majestueuse:

"Un vieux monsieur de quarante ans?"

Elle essuya l'une contre l'autre ses longues mains bien faites et se détourna dans une volte dégoûtée:

"Pouah! Adieu tout, c'est plus propre. Allons acheter des cartes à jouer, du bon vin, des marques de bridge, des aiguilles à tricoter, tous les bibelots qu'il faut pour boucher un grand trou, tout ce qu'il faut pour déguiser le monstre—la vieille femme . . ."

* * * * *

En fait d'aiguilles à tricoter, elle eut maintes robes, et des saut-de-lit comme des nuées à l'aurore. Le pédicure chinois vint une fois la semaine; la manucure deux fois et la masseuse tous les jours. On vit Léa au théâtre, et avant le théâtre dans des restaurants qu'elle ne fréquentait pas du temps de Chéri.

Elle accepta que des jeunes femmes et leurs amis, que Kühn, son ancien tailleur retiré des affaires, l'invitassent dans leur loge ou à leur table. Mais les jeunes femmes lui témoignèrent une déférence qu'elle ne requérait pas et Kühn l'appela "ma chère amie", à quoi elle lui répondit dès la première agape:

"Kühn, décidément, ça ne vous va pas d'être client."

Elle rejoignit, comme on se réfugie, Patron, arbitre et directeur d'une entreprise de boxe. Mais Patron était marié à une jeune tenancière de bar, petite, terrible et jalouse autant qu'un ratier. Jusqu'à la place d'Italie Léa risqua, pour retrouver le sensible athlète, sa robe couleur dé saphir sombre alourdie d'or, ses paradis, ses bijoux imposants, ses cheveux d'acajou neuf. Elle respira l'odeur de sueur, de vinaigre et de térébenthine qu'exhalaient les "espoirs" entraînés par Patron et s'en alla, sûre de ne jamais revoir la salle vaste et basse où sifflait le gaz vert.

Ces essais qu'elle fit pour rentrer dans la vie remuante des désoeuvrés lui coûtèrent une fatigue qu'elle ne comprenait pas.

"Qu'est-ce que j'ai donc?"

Elle tâtait ses chevilles un peu gonflées le soir, mirait ses fortes dents à peine menacées de déchaussement, tâtait du poing, comme on percute un tonneau, ses poumons logés au large, son estomac joyeux. Quelque chose d'indicible, en elle, penchait, privé d'un étai absent, et l'entraînait tout entière. La baronne de la Berche, rencontrée dans un "zinc" où elle arrosait, d'un vin blanc de cochers, deux douzaines d'escargots, apprit enfin à Léa le retour de l'enfant prodigue au bercail, et l'aube d'un nouvel astre de miel sur le boulevard d'Inkermann. Léa écouta cette histoire morale avec indifférence. Mais elle pâlit d'une émotion pénible, le jour d'après, en reconnaissant une limousine bleue devant sa grille et Charlotte Peloux qui traversait la cour.

"Enfin! Enfin! Je te retrouve! Ma Léa! ma grande! Plus belle que jamais! Plus mince que l'an dernier! Attention, ma Léa, pas trop maigrir à nos âges! Comme ça, mais pas plus! Et même . . . Mais quel plaisir de te revoir!"

Jamais la voix blessante n'avait paru si douce à Léa. Elle laissait parler Madame Peloux, rendait grâce à ce flot acide qui lui donnait du temps. Elle avait assis Charlotte Peloux dans un fauteuil bas sur pattes, sous la douce lumière du petit salon aux murs de soieries peintes, comme autrefois. Elle-même venait de reprendre machinalement la chaise à dossier raide qui l'obligeait à effacer les épaules et à relever le menton, comme autrefois. Entre elles, la table nappée d'une rugueuse broderie ancienne portait, comme autrefois, la grosse carafe taillée à demi pleine de vieille eau-de-vie, les verres en calices vibrants, minces comme une feuille de mica, l'eau glacée et les biscuits sablés . . .

"Ma grande! On va pouvoir se revoir tranquillement, tranquillement, pleurait Charlotte. Tu connais ma devise: fichez la paix à vos amis quand vous êtes dans les ennuis, ne leur faites part que de votre bonheur. Tout le temps que Chéri a fait l'école buissonnière, c'est exprès que je ne t'ai pas donné signe de vie, tu m'entends! A présent que tout va bien, que mes enfants sont heureux, je te le crie, je me jette dans tes bras, et nous recommençons notre bonne vie . . ."

Elle s'interrompit, alluma une cigarette, habile à ce genre de suspension autant qu'une actrice:

" . . . sans Chéri, naturellement.

—Naturellement", acquiesça Léa en souriant.

Elle contemplait, écoutait sa vieille ennemie avec une satisfaction ébahie. Ces grands yeux inhumains, cette bouche bavarde, ce bref corps replet et remuant, tout cela, en face d'elle, n'était venu que pour mettre sa fermeté à l'épreuve, l'humilier comme autrefois, toujours comme autrefois. Mais comme autrefois Léa saurait répondre, mépriser, sourire, se redresser. Déjà ce poids triste qui la chargeait hier et les jours d'avant semblait fondre. Une lumière normale, connue, baignait le salon et jouait dans les rideaux.

"Voilà, songea Léa allègrement. Deux femmes un peu plus vieilles que l'an passé, la méchanceté habituelle et les propos routiniers, la méfiance bonasse, les repas en commun; des journaux financiers le matin, des potins scandaleux l'après-midi,—il faut bien recommencer tout ça puisque c'est la vie, puisque c'est ma vie. Des Aldonzas et des La Berche, et des Lili et quelques vieux Messieurs sans foyer, tout le lot serré autour d'une table à jeu, où le verre de fine et le jeu de cartes vont voisiner, peut-être, avec une paire de petits chaussons, commencés pour un enfant qui vivra bientôt . . . Recommençons, puisque c'est dans l'ombre. Allons-y gaiement, puisque j'y retombe à l'aise comme dans l'empreinte d'une chute ancienne . . ."

Et elle s'installa, les yeux clairs et la bouche détendue, pour écouter Charlotte Peloux qui parlait avidement de sa belle-fille.

"Tu le sais, toi, ma Léa, si l'ambition de toute ma vie a été la paix et la tranquillité? Eh bien, je les ai maintenant. La fugue de Chéri, en somme, c'est une gourme qu'il a jetée. Loin de moi l'idée de te le reprocher, ma Léa, mais reconnais que de dix-neuf à vingt-cinq ans, il n'a guère eu le temps de mener la vie de garçon? Eh bien, il l'a menée trois mois, quoi, la vie de garçon! La belle affaire!

—Ça vaut même mieux, dit Léa sans perdre son sérieux. C'est une assurance qu'il donne à sa jeune femme.

—Juste, juste le mot que je cherchais! glapit Mme Peloux, radieuse. Une assurance! Depuis ce jour-là, le rêve! Et tu sais, quand un Peloux rentre dans sa maison après avoir fait la bombe, il n'en ressort plus!

—C'est une tradition de famille?" demanda Léa.

Mais Charlotte ne voulut rien entendre.

"D'ailleurs, il y a été bien reçu, dans sa maison. Sa petite femme, ah! en voilà une, Léa . . . Tu sais si j'en ai vu, des petites femmes, eh bien, je n'en ai pas vu une qui dame le pion à Edmée.

—Sa mère est si remarquable, dit Léa.

—Songe, songe, ma grande, que Chéri venait de me la laisser sur les bras pendant près de trois mois,—entre parenthèses, elle a eu de la chance que je sois là!

—C'est précisément ce que je pensais, dit Léa.

—Eh bien, ma chère, pas une plainte, pas une scène, pas une démarche maladroite, rien, rien! La patience même, la douceur, un visage de sainte, de sainte!

—C'est effrayant, dit Léa.

—Et tu crois que quand notre brigand d'enfant s'est amené un matin, tout souriant, comme s'il venait de faire un tour au Bois, tu crois qu'elle se serait permis une remarque? Rien! Pas ça! Aussi lui qui, au fond, devait se sentir un peu gêné . . .

—Oh! pourquoi? dit Léa.

—Tout de même, voyons . . . Il a trouvé l'accueil charmant, et l'accord s'est fait dans leur chambre à coucher, pan, comme ça et sans attendre. Ah! je t'assure, il n'y a pas eu dans le monde, pendant cette heure-là, une femme plus heureuse que moi !

—Sauf Edmée, peut-être", suggéra Léa.

Mais Mme Peloux était toute âme et eut un superbe mouvement d'ailerons:

"A quoi vas-tu penser? Moi, je ne pensais qu'au foyer reconstruit."

Elle changea de ton, plissa l'oeil et la lèvre:

"D'ailleurs, je ne la vois pas bien, cette petite, dans le grand délire, et poussant le cri de l'extase. Vingt ans et des salières, peuh . . . à cet âge-là on bégaie. Et puis, entre nous, je crois sa mère froide.

—Ta religion de la famille t'égare", dit Léa.

Charlotte Peloux montra candidement le fond de ses grands yeux où on ne lisait rien.

"Non pas, non pas! l'hérédité, l'hérédité! J'y crois. Ainsi mon fils qui est la fantaisie même . . . Comment, tu ne sais pas qu'il est la fantaisie même?

—J'aurai oublié, s'excusa Léa.

—Eh bien, je crois en l'avenir de mon fils. Il aimera son intérieur comme je l'aime, il gérera sa fortune, il aimera ses enfants comme je l'ai aimé . . .

—Ne prévois donc pas tant de choses tristes! pria Léa. Comment est-il, leur intérieur, à ces jeunes gens?

—Sinistre, piaula Mme Peloux. Sinistre! Des tapis violets! Violets! Une salle de bains noire et or. Un salon sans meubles, plein de vases chinois gros comme moi! Aussi, qu'est-ce qui arrive: ils ne quittent plus Neuilly. D'ailleurs, sans fatuité, la petite l'adore.

—Elle n'a pas eu de troubles nerveux?" demanda Léa avec sollicitude.

L'oeil de Charlotte Peloux étincela:

"Elle? pas de danger, nous avons affaire à forte partie.

—Qui ça, nous?

—Pardon, ma grande, l'habitude . . . Nous sommes en présence de ce que j'appellerai un cerveau, un véritable cerveau. Elle a une manière de donner des ordres sans élever la voix, d'accepter les boutades de Chéri, d'avaler les couleuvres comme si c'était du lait sucré . . . Je me demande vraiment, je me demande s'il n'y a pas là, dans l'avenir, un danger pour mon fils. Je crains, ma Léa, je crains qu'elle n'arrive à éteindre trop cette nature si originale, si . . .

—Quoi? il file doux? interrompit Léa. Reprends de ma fine, Charlotte, c'est de celle de Spéleïeff, elle a soixante-quatorze ans, on la donnerait à des bébés . . .

—Filer doux n'est pas le mot, mais il est . . . inter . . . impertur . . .

—Imperturbable?

—Tu l'as dit. Ainsi, quand il a su que je venais te voir . . .

—Comment, il le sait?"

Un sang impétueux bondit aux joues de Léa, et elle maudit son émotion fougueuse et le jour clair du petit salon. Mme Peloux, l'oeil suave, se repaissait du trouble de Léa.

"Mais bien sûr, il le sait. Faut pas rougir pour ça, ma grande! Es-tu enfant!

—D'abord, comment as-tu su que j'étais revenue?

—Oh, voyons, Léa, ne pose pas des questions pareilles. On t'a vue partout . . .

—Oui, mais Chéri, tu le lui as dit, alors, que j'étais revenue?

—Non, ma grande, c'est lui qui me l'a appris.

—Ah, c'est lui qui . . . C'est drôle."

Elle entendait son cœur battre dans sa voix et ne risquait pas de phrases longues.

"Il a même ajouté: "Madame Peloux, vous me ferez plaisir en allant prendre des nouvelles de Nounoune." Il t'a gardé une telle affection, cet enfant!

—C'est gentil!"

Mme Peloux, vermeille, semblait s'abandonner aux suggestions de la vieille eau-de-vie et parlait comme en songe, en balançant la tête. Mais son oeil mordoré demeurait ferme, acéré, et guettait Léa qui, droite, cuirassée contre elle-même, attendait, elle ne savait quel coup . . .

"C'est gentil, mais c'est bien naturel. Un homme n'oublie pas une femme comme toi, ma Léa. Et . . . veux-tu tout mon sentiment? tu n'aurais qu'un signe à faire pour que . . ."

Léa posa une main sur le bras de Charlotte Peloux:

"Je ne veux pas tout ton sentiment", dit-elle avec douceur.

Mme Peloux laissa tomber les coins de sa bouche:

"Oh! je te comprends, je t'approuve, soupira-t-elle d'une voix morne. Quand on a arrangé comme toi sa vie autrement . . . Je ne t'ai même pas parlé de toi!

—Mais il m'a bien semblé que si . . .

—Heureuse?

—Heureuse.

—Grand amour? Beau voyage? . . . IL est gentil? Où est sa photo? . . ."

Léa, rassurée, aiguisait son sourire et hochait la tête:

"Non, non, tu ne sauras rien! Cherche! . . . Tu n'as donc plus de police, Charlotte?

—Je ne me fie à aucune police, répliqua Charlotte. Ce n'est pas parce que celui-ci et celle-là m'auront raconté . . . que tu as éprouvé une nouvelle déception . . . que tu as eu de gros ennuis, même d'argent . . . Non! non, moi, les ragots, tu sais ce que j'en fais!

—Personne ne le sait mieux que moi. Ma Lolotte, pars sans inquiétude. Dissipe celles de nos amis. Et souhaite-leur d'avoir réalisé la moitié du sac que j'ai fait sur les pétroles, de décembre à février."

Le nuage alcoolique qui adoucissait les traits de Mme Peloux s'envola; elle montra un visage net, sec, réveillé.

"Tu étais sur les pétroles! J'aurais dû m'en douter! Et tu ne me l'as pas dit!

—Tu ne me l'as pas demandé . . . Tu ne pensais qu'à ta famille, c'est bien naturel . . .

—Je pensais aussi aux Briquettes comprimées, heureusement, flûta la trompette étouffée.

—Ah! tu ne me l'as pas dit non plus.

—Troubler un rêve d'amour? jamais! Ma Léa, je m'en vais, mais je reviendrai.

—Tu reviendras le jeudi, parce qu'à présent, ma Lolotte, tes dimanches de Neuilly . . . finis pour moi. Veux-tu qu'on fasse des petits jeudis ici? Rien que des bonnes amies, la mère Aldonza, notre Révérend-Père-la-Baronne,—ton poker, enfin, et mon tricot . . .

—Tu tricotes?

—Pas encore, mais ça va venir. Hein?

—J'en saute de joie! Regarde-moi si je saute! Et tu sais, je n'en ouvre la bouche à personne, à la maison: le petit serait capable de venir te demander un verre de porto, le jeudi! Une bise encore, ma grande . . . Dieu, que tu sens bon! Tu as remarqué que lorsqu'on arrive à avoir la peau moins tendue, le parfum y pénètre mieux? C'est bien agréable."

* * * * *

"Va, va . . ." Léa frémissante suivait du regard Mme Peloux qui traversait la cour. "Va vers tes méchants projets! Rien ne t'en empêchera. Tu te tords le pied? Oui, mais tu ne tomberas pas. Ton chauffeur qui est prudent ne dérapera pas, et ne jettera pas ta voiture contre un arbre. Tu arriveras à Neuilly, et tu choisiras ton moment,—aujourd'hui, demain, la semaine prochaine,—pour dire les paroles que tu ne devrais jamais prononcer. Tu essaieras de troubler ceux qui sont peut-être en repos. Le moins que tu puisses commettre, c'est de les faire un peu trembler, comme moi, passagèrement . . ."

Elle tremblait des jambes comme un cheval après la côte, mais elle ne souffrait pas. Le soin qu'elle avait pris d'elle-même et de ses répliques la réjouissait. Une vivacité agréable demeurait à son teint, à son regard, et elle pétrissait son mouchoir parce qu'il lui restait de la force à dépenser. Elle ne pouvait détacher sa pensée de Charlotte Peloux.

"Nous nous sommes retrouvées", se dit-elle, "comme deux chiens retrouvent la pantoufle qu'ils ont l'habitude de déchirer. Comme c'est bizarre! Cette femme est mon ennemie et c'est d'elle que me vient le réconfort. Comme nous sommes liées . . ."

Elle rêva longtemps, craignant tour à tour et acceptant son sort. La détente de ses nerfs lui donna un sommeil bref. Assise et la joue appuyée, elle pénétra en songe dans sa vieillesse toute proche, imagina ses jours l'un à l'autre pareils, se vit en face de Charlotte Peloux et préservée longtemps, par une rivalité vivace qui raccourcissait les heures, de la nonchalance dégradante qui conduit les femmes mûres à négliger d'abord le corset, les teintures ensuite, enfin les lingeries fines. Elle goûta par avance les plaisirs scélérats du vieillard qui ne sont que lutte secrète, souhaits homicides, espoirs vifs et sans cesse reverdissants en des catastrophes qui n'épargneraient qu'un seul être, un seul point du monde,—et s'éveilla, étonnée, dans la lumière d'un crépuscule rose et pareil à l'aube.

"Ah! Chéri . . ." soupira-t-elle.

Mais ce n'était plus l'appel rauque et affamé de l'autre année, ni les larmes, ni cette révolte de tout le corps, qui souffre et se soulève quand un mal de l'esprit le veut détruire . . . Léa se leva, frotta sa joue gaufrée par la broderie du coussin . . .

"Mon pauvre Chéri . . . Est-ce drôle de penser qu'en perdant, toi ta vieille maîtresse usée, moi mon scandaleux jeune amant, nous avons perdu ce que nous possédions de plus honorable sur la terre . . ."

* * * * *

Deux jours passèrent après la visite de Charlotte Peloux. Deux jours gris qui furent longs à Léa et qu'elle supporta patiemment, avec une âme d'apprentie. "Puisqu'il faudra vivre ainsi", se disait-elle, "commençons". Mais elle y mettait de la maladresse et une sorte d'application superflue bien propre à décourager son noviciat. Le second jour elle avait voulu sortir, aller à pied jusqu'aux Lacs, vers onze heures du matin.

"J'achèterai un chien, projeta-t-elle. Il me tiendra compagnie et m'obligera à marcher." Et Rose avait dû chercher, au fond des placards d'été, une paire de bottines jaunes à semelles fortes, un costume un peu bourru qui sentait l'alpe et la forêt. Léa sortit, avec l'allure résolue qu'imposent, à ceux qui les portent, certaines chaussures et certains vêtements d'étoffe rude.

"Il y a dix ans, j'aurais risqué une canne", se dit-elle. Encore tout près de sa maison, elle entendit derrière elle un pas léger et rapide qu'elle crut reconnaître. Une crainte stupéfiante, qu'elle n'eut pas le temps de chasser, l'engourdit presque et ce fut malgré elle qu'elle se laissa rejoindre, puis distancer, par un inconnu jeune et pressé qui ne la regarda pas.

Elle respira, soulagée:

"Je suis trop bête!"

Elle acheta un oeillet sombre pour sa jaquette et repartit. Mais devant elle, à trente pas, plantée droite dans la brume diaphane qui couvrait les gazons de l'avenue, une silhouette masculine attendait.

"Pour le coup, je connais cette coupe de veston et la façon de faire tournoyer la canne . . . Ah! non merci, je ne veux pas qu'il me revoie chaussée comme un facteur et avec une jaquette qui me grossit. A tant faire que de le rencontrer, j'aime mieux qu'il me voie autrement, lui qui n'a jamais pu supporter le marron, d'abord . . . Non, non, je rentre, je . . ."

A ce moment l'homme qui attendait héla un taxi vide, y monta et passa devant Léa; c'était un jeune homme blond qui portait une petite moustache courte. Mais Léa ne sourit pas et n'eut plus de soupir d'aise, elle tourna les talons et rentra chez elle.

"Une de ces flemmes, Rose . . . Donne-moi mon tea-gown fleur-de-pêcher, le nouveau, et la grande chape brodée sans manches. J'étouffe dans tous ces lainages."

"Ce n'est pas la peine d'insister, songeait Léa. Deux fois de suite, ce n'était pas Chéri; la troisième fois c'aurait été lui. Je connais ces petites embûches-là. Il n'y a rien à faire contre, et aujourd'hui je ne me sens pas d'attaque, je suis molle."

Elle se remit, toute la journée, à ses patients essais de solitude. Cigarettes et journaux l'amusèrent, après le déjeuner, et elle accueillit avec une courte joie un coup de téléphone de la baronne de la Berche, puis un autre de Spéleïeff, son ancien amant, le beau maquignon, qui l'avait vue passer la veille et offrit de lui vendre une paire de chevaux.

Il y eut ensuite une longue heure de silence total à faire peur.

"Voyons, voyons . . ."

Elle marchait, les mains aux hanches, suivie par la traîne magnifique d'une grande chape brodée d'or et de roses qui laissait ses bras nus.

"Voyons, voyons . . . tâchons de nous rendre compte. Ce n'est pas au moment où ce gosse ne me tient plus au coeur que je vais me laisser démoraliser. Il y a six mois que je vis seule. Dans le Midi, je m'en tirais très bien. D'abord, je changeais de place. Et ces relations de Riviera ou des Pyrénées avaient du bon, leur départ me laissait une telle impression de fraîcheur . . . Des cataplasmes d'amidon sut une brûlure: ça ne guérit pas, mais ça soulage à condition de les renouveler tout le temps. Mes six mois de déplacements, c'est l'histoire de l'horrible Sarah Cohen, qui a épousé un monstre: “Chaque fois que je le regarde, dit-elle, je crois que je suis jolie.”

“Mais avant ces six mois-là, je savais ce que c'était que de vivre seule. Comment est-ce que j'ai vécu, après que j'ai quitté Spéleïeff, par exemple? Ah oui, on s'est baladés ferme dans des bars et des bistrots avec Patron, et tout de suite j'ai eu Chéri. Mais avant Spéleïeff, le petit Lequellec m'a été arraché par sa famille qui le mariait . . . pauvre petit, ses beaux yeux pleins de larmes . . . Après lui, je suis restée seule quatre mois, je me rappelle. Le premier mois, j'ai bien pleuré! Ah! non, c'est pour Bacciocchi que j'ai tant pleuré. Mais quand j'ai eu fini de pleurer, on ne pouvait plus me tenir tant j'étais contente d'être seule. Oui! Mais à l'époque de Bacciocchi j'avais vingt-huit ans, et trente après Lequellec, et entre eux, j'ai connu . . . peu importe. Après Spéleïeff, j'étais dégoûtée de tant d'argent mal dépensé. Tandis qu'après Chéri, j'ai . . . j'ai cinquante ans, et j'ai commis l'imprudence de le garder sept ans.”

Elle fronça le front, s'enlaidit par une moue maussade.

“C'est bien fait pour moi, on ne garde pas un amant sept ans à mon âge. Sept ans! Il m'a gâché ce qui restait de moi. De ces sept ans-là, je pouvais tirer deux ou trois petits bonheurs si commodes, au lieu d'un grand regret . . . Une liaison de sept ans, c'est comme de suivre un mari aux colonies: quand on en revient, personne ne vous reconnaît et on ne sait plus porter la toilette.”

Pour ménager ses forces, elle sonna Rose et rangea avec elle la petite armoire aux dentelles. La nuit vint, qui fit éclore les lampes et rappela Rose aux soins de la maison.

“Demain, se dit Léa, je demande l'auto et je file visiter le haras normand de Spéleïeff. J'emmène la mère La Berche si elle veut, ça lui évoquera ses anciens équipages. Et, ma foi, si le cadet Spéleïeff me fait de l'oeil, je ne dis pas que . . .”

Elle se donna la peine de sourire d'un air mystérieux et tentateur, pour abuser les fantômes qui pouvaient errer autour de la coiffeuse et du lit formidable qui brillait dans l'ombre. Mais elle se sentait toute froide, et pleine de mépris pour la volupté d'autrui.

Son dîner de poisson fin et de pâtisseries fut une récréation. Elle remplaça le bordeaux par un champagne sec et fredonna en quittant la table. Onze heures la surprirent comme elle mesurait, avec une canne, la largeur des panneaux entre-fenêtres de sa chambre, où elle projetait de remplacer tous les grands miroirs par des toiles anciennes, peintes de fleurs et de balustres. Elle bâilla, se gratta la tête et sonna pour sa toilette de nuit. Pendant que Rose lui enlevait ses longs bas de soie, Léa considérait sa journée vaincue, effeuillée dans le passé, et qui lui plaisait comme un pensum achevé. Abritée, pour la nuit, du péril de l'oisiveté, elle escomptait les heures de sommeil et celles de l'insomnie, car l'inquiet recouvre, avec la nuit, le droit de bâiller haut, de soupirer, de maudire la voiture du laitier, les boueux et les passereaux.

Durant sa toilette de nuit, elle agita des projets inoffensifs qu'elle ne réaliserait pas.

"Aline Mesmacker a pris un bar-restaurant et elle y fait de l'or . . . Évidemment, c'est une occupation, en même temps qu'un placement . . . Mais je ne me vois pas à la caisse, et si on prend une gérante, ce n'est plus la peine. Dora et la grosse Fifi tiennent ensemble une boîte de nuit, m'a dit la mère La Berche. C'est tout à fait la mode. Et elles mettent des faux cols et des jaquettes-smoking pour attirer une clientèle spéciale. La grosse Fifi a trois enfants à élever, c'est une excuse . . . Il y a aussi Kühn qui s'ennuie et qui prendrait bien mes capitaux pour fonder une nouvelle maison de couture . . ."

Toute nue et teintée de rose brique par les reflets de sa salle de bains pompéienne, elle vaporisait sur elle son parfum de santal, et dépliait avec un plaisir inconscient une longue chemise de soie.

"Tout ça, c'est des phrases. Je sais parfaitement que je n'aime pas travailler. Au lit, Madame! Vous n'aurez jamais d'autre comptoir, et les clients sont partis. "

Elle s'enveloppa dans une gandoura blanche que sa doublure colorée imprégnait d'une lumière rose insaisissable et retourna à sa coiffeuse. Ses deux bras levés peignèrent et soutinrent ses cheveux durcis par la teinture, et encadrèrent son visage fatigué. Ils demeuraient si beaux, ses bras, de l'aisselle pleine et musclée jusqu'au poignet rond, qu'elle les contempla un moment.

"Belles anses, pour un si vieux vase!"

Elle planta d'une main négligente un peigne blond sur sa nuque et choisit sans grand espoir un roman policier sur un rayon, dans un cabinet obscur. Elle n'avait pas le goût des reliures et ne s'était jamais déshabituée de reléguer ses livres au fond des placards, avec les cartons vides et les boîtes de pharmacie.

Comme elle lissait, penchée, la batiste fine et froide de son grand lit ouvert, le gros timbre de la cour retentit. Ce son grave, rond, insolite, offensa l'heure de minuit.

"Ça, par exemple . . ." dit-elle tout haut.

Elle l'écoutait, la bouche entrouverte, en retenant son souffle. Un second coup parut plus ample encore que le premier et Léa courut, dans un geste instinctif de préservation et de pudeur, se poudrer le visage. Elle allait sonner Rose quand elle entendit la porte du perron claquer, un bruit de pas dans le vestibule et dans l'escalier, deux voix mêlées, celle de la femme de chambre et une autre voix. Elle n'eut pas le temps de prendre une résolution, la porte s'ouvrit sous une main brutale: Chéri était devant elle, en pardessus ouvert sur son smoking, le chapeau sur la tête, pâle et l'air mauvais.

Il s'adossa à la porte refermée et ne bougea pas. Il ne regardait pas particulièrement Léa mais toute la chambre, d'une manière errante et comme un homme que l'on va attaquer.

Léa, qui avait pourtant tremblé le matin pour une silhouette devinée dans le brouillard, ne ressentait pas encore d'autre trouble que le déplaisir d'une femme surprise à sa toilette. Elle croisa son peignoir, assujettit son peigne, chercha du pied une pantoufle tombée. Elle rougit, mais quand le sang quitta ses joues, elle avait déjà repris l'apparence du calme. Elle releva la tête et parut plus grande que ce jeune homme accoté, tout noir, à la porte blanche.

"En voilà une manière d'entrer, dit-elle assez haut. Tu pourrais ôter ton chapeau, et dire bonjour.

—Bonjour", dit Chéri d'une voix rogue.

Le son de la voix sembla l'étonner, il regarda plus humainement autour de lui, une sorte de sourire descendit de ses yeux à sa bouche et il répéta avec douceur:

"Bonjour . . ."

Il ôta son chapeau et fit deux ou trois pas.

"Je peux m'asseoir?

—Si tu veux", dit Léa.

Il s'assit sur un pouf et vit qu'elle restait debout.

"Tu t'habillais? Tu ne sors pas?"

Elle fit signe que non, s'assit loin de lui, prit un polissoir et ne parla pas. Il alluma une cigarette et demanda la permission de fumer après qu'elle fut allumée.

"Si tu veux", répéta Léa indifférente.

Il se tut et baissa les yeux. La main qui tenait sa cigarette tremblait légèrement, il s'en aperçut et reposa cette main sur le bord d'une table. Léa soignait ses ongles avec des mouvements lents et jetait de temps en temps un bref regard sur le visage de Chéri, surtout sur les paupières abaissées et la frange sombre des cils.

"C'est toujours Ernest qui m'a ouvert la porte, dit enfin Chéri.

—Pourquoi ne serait-il pas Ernest? Est-ce qu'il fallait changer mon personnel parce que tu te mariais?

—Non . . . N'est-ce pas, je disais ça . . ."

Le silence retomba. Léa le rompit.

"Puis-je savoir si tu as l'intention de rester longtemps sur ce pouf? Je ne te demande même pas pourquoi tu te permets d'entrer chez moi à minuit . . .

—Tu peux me le demander", dit-il vivement.

Elle secoua la tête:

"Ça ne m'intéresse pas."

Il se leva avec force, faisant rouler le pouf derrière lui et marcha sur Léa. Elle le sentit penché sur elle comme s'il allait la battre, mais elle ne recula pas. Elle pensait: "De quoi pourrais-je bien avoir peur, en ce monde?"

"Ah! tu ne sais pas ce que je viens faire ici? Tu ne veux pas savoir ce que je viens faire ici?"

Il arracha son manteau, le lança à la volée sur la chaise longue et se croisa les bras, en criant de tout près dans la figure de Léa, sur un ton étouffé et triomphant:

"Je rentre!"

Elle maniait une petite pince délicate qu'elle ferma posément avant de s'essuyer les doigts. Chéri retomba assis, comme s'il venait de dépenser toute sa force.

"Bon, dit Léa. Tu rentres. C'est très joli. Qui as-tu consulté pour ça?

—Moi", dit Chéri.

Elle se leva à son tour pour le dominer mieux. Les battements de son cœur calmé la laissaient respirer à l'aise et elle voulait jouer sans faute.

"Pourquoi ne m'as-tu pas demandé mon avis? Je suis une vieille camarade qui connaît tes façons de petit rustre. Comment n'as-tu pas pensé qu'en entrant ici tu pouvais gêner . . . quelqu'un?"

La tête baissée, il inspecta horizontalement la chambre, ses portes closes, le lit cuirassé de métal et son talus d'oreillers luxueux. Il ne vit rien d'insolite, rien de nouveau et haussa les épaules. Léa attendait mieux et insista:

"Tu comprends ce que je veux dire?

—Très bien, répondit-il. "Monsieur" n'est pas rentré? "Monsieur" découche?

—Ce ne sont pas tes affaires, petit", dit-elle tranquillement.

Il mordit sa lèvre et secoua nerveusement la cendre de sa cigarette dans une coupe à bijoux.

"Pas là-dedans, je te le dis toujours! cria Léa. Combien de fois faudra-t-il que . . . ?"

Elle s'interrompit en se reprochant d'avoir repris malgré elle le ton des disputes familières. Mais il n'avait pas paru l'entendre et examinait une bague, une émeraude achetée par Léa pendant son voyage.

"Qu'est-ce . . . qu'est-ce que c'est que ça? bredouilla-t-il.

—Ça? c'est une émeraude.

—Je ne suis pas aveugle! Je veux dire: qui est-ce qui te l'a donnée?

—Tu ne connais pas.

—Charmant!" dit Chéri, amer.

L'accent rendit à Léa toute son autorité et elle se permit le plaisir d'égarer un peu plus celui qui lui laissait l'avantage.

"N'est-ce pas qu'elle est charmante? On m'en fait partout compliment. Et la monture, tu as vu, cette poussière de brillants qui . . .

—Assez!" gueula Chéri avec fureur, en abattant son poing sur la table fragile.

Des roses s'effeuillèrent au choc, une coupe de porcelaine glissa sans se briser sur l'épais tapis. Léa étendit vers le téléphone une main que Chéri d'un bras rude:

"Qu'est-ce que tu veux à ce téléphone?

—Téléphoner au commissariat", dit Léa.

Il lui prit les deux bras, feignit la gaminerie en la poussant loin de l'appareil.

"Allez, allez, ça va bien, pas de blagues! On ne peut rien dire sans que tout de suite tu fasses du drame . . ."

Elle s'assit et lui tourna le dos. Il restait debout, les mains vides, et sa bouche entrouverte et gonflée était celle d'un enfant boudeur. Une mèche noire couvrait son sourcil. Dans un miroir, à la dérobée, Léa l'épiait; mais il s'assit et son visage disparut du miroir. A son tour, Léa sentit, gênée, qu'il la voyait de dos, élargie par la gandoura flottante. Elle revint à sa coiffeuse, lissa ses cheveux, replanta son peigne, ouvrit comme par distraction un flacon de parfum. Chéri tourna la tête vers l'odeur.

"Nounoune!" appela-t-il.

Elle ne répondit pas.

"Nounoune!

—Demande pardon", commanda-t-elle sans se retourner.

Il ricana:

"Penses-tu!

—Je ne te force pas. Mais tu vas t'en aller. Et tout de suite . . .

—Pardon! dit-il promptement, hargneux.

—Mieux que ça!

—Pardon, répéta-t-il, tout bas.

—A la bonne heure!"

Elle revint à lui, passa sur la tête inclinée une main légère:

"Allons, raconte."

Il tressaillit et secoua la caresse:

"Qu'est-ce que tu veux que je te raconte? Ce n'est pas compliqué. Je rentre ici, voilà.

—Raconte, va, raconte."

Il se balançait sur son siège en serrant ses mains entre ses genoux, et levait la tête vers Léa mais sans la regarder. Elle voyait battre les narines blanches de Chéri, elle entendait une respiration rapide qui essayait de se discipliner. Elle n'eut qu'à dire encore une fois: "Allons, raconte . . ." et à le pousser du doigt comme pour le faire tomber. Il appela:

"Nounoune chérie! Nounoune chérie!" et se jeta contre elle de toutes ses forces, étreignant les hautes jambes qui plièrent. Assise, elle le laissa glisser à terre et se rouler sur elle avec des larmes, des paroles désordonnées, des mains tâtonnantes qui s'accrochaient à ses dentelles, à son collier, cherchaient sous la robe la forme de son épaule et la place de son oreille sous ses cheveux.

"Nounoune chérie! je te retrouve! ma Nounoune! ô ma Nounoune, ton épaule, et puis ton même parfum, et ton collier, ma Nounoune, ah!

c'est épatant . . . Et ton petit goût de brûlé dans les cheveux, ah! c'est . . . c'est épatant . . ."

Il exhala, renversé, ce mot stupide comme le dernier souffle de sa poitrine. A genoux, il serrait Léa dans ses bras, et lui offrait son front ombragé de cheveux, sa tremblante bouche mouillée de larmes, et ses yeux d'où la joie coulait en pleurs lumineux. Elle le contempla si profondément, avec un oubli si parfait de tout ce qui n'était pas lui, qu'elle ne songea pas à lui donner un baiser. Elle noua ses bras autour du cou de Chéri, et elle le pressa sans rigueur, sur le rythme des mots qu'elle murmurait:

"Mon petit . . . mon méchant . . . Te voilà . . . Te voilà revenu . . . Qu'as-tu fait encore? Tu es si méchant . . . ma beauté . . ."

Il se plaignait doucement à bouche fermée, et ne parlait plus guère: il écoutait Léa et appuyait sa joue sur son sein. Il supplia: "Encore!" lorsqu'elle suspendit sa litanie tendre, et Léa, qui craignait de pleurer aussi, le gronda sur le même ton:

"Mauvaise bête . . . Petit satan sans coeur . . . Grande rosse, va . . ."

Il leva vers elle un regard de gratitude:

"C'est ça, engueule-moi! Ah! Nounoune . . ."

Elle l'écarta d'elle pour le mieux voir:

"Tu m'aimais donc?"

Il baissa les yeux avec un trouble enfantin:

"Oui, Nounoune."

Un petit éclat de rire étranglé, qu'elle ne put retenir avertit Léa qu'elle était bien près de s'abandonner à la plus terrible joie de sa vie. Une étreinte, la chute, le lit ouvert, deux corps qui se soudent comme les deux tronçons vivants d'une même bête coupée . . . "Non, non, se dit-elle, pas encore, oh! pas encore . . ."

"J'ai soif, soupira Chéri. Nounoune, j'ai soif . . ."

Elle se leva vite, tâta de la main la carafe tiédie et sortit pour revenir aussitôt. Chéri, pelotonné à terre, avait posé sa tête sur le pouf.

"On t'apporte de la citronnade, dit Léa. Ne reste pas là. Viens sur la chaise longue. Cette lampe te gêne?"

Elle frémissait du plaisir de servir et d'ordonner. Elle s'assit au fond de la chaise longue et Chéri s'y étendit à demi contre elle.

"Tu vas me dire un peu, maintenant . . ."

L'entrée de Rose l'interrompit. Chéri, sans se lever, tourna languissamment la tête vers Rose:

". . . 'jour, Rose.

—Bonjour, Monsieur, dit Rose discrètement.

—Rose, je voudrais pour demain matin neuf heures . . .

—Des brioches et du chocolat", acheva Rose.

Chéri referma les yeux avec un soupir de bien-être:

"Extra-lucide! . . . Rose, où est-ce que je m'habille demain matin?

—Dans le boudoir, répondit Rose complaisante. Seulement il faudra sans doute que je fasse retirer le canapé et qu'on remette le nécessaire de toilette comme avant? . . ."

Elle consultait de l'oeil Léa, orgueilleusement étalée et qui soutenait, tandis qu'il buvait, le torse de son "nourrisson méchant".

"Si tu veux, dit Léa. On verra. Remonte, Rose."

Rose s'en alla et pendant le moment de silence qui suivit, on n'entendit qu'un confus murmure de brise, et le cri d'un oiseau que trompait le clair de lune.

"Chéri, tu dors?"

Il fit son grand soupir de chien de chasse.

"Oh! non, Nounoune, je suis trop bien pour dormir.

—Dis-moi, petit . . . Tu n'as pas fait de mal, là-bas?

—Chez moi? Non, Nounoune. Pas du tout, je te jure.

—Une scène?"

Il la regardait d'en bas, sans relever sa tête confiante.

"Mais non, Nounoune. Je suis parti parce que je suis parti. La petite est très gentille, il n'y a rien eu.

—Ah!

—Je ne mettrais pas ma main au feu qu'elle n'a pas eu une idée, par exemple. Elle avait ce soir ce que j'appelle sa tête d'orpheline, tu sais, des yeux si sombres sous ses beaux cheveux . . . Tu sais comme elle a de beaux cheveux?

—Oui . . ."

Elle ne jetait que des monosyllabes, à mi-voix, comme si elle eût écouté un dormeur parler en songe.

"Je crois même, continua Chéri, qu'elle a dû me voir traverser le jardin.

—Ah?

—Oui. Elle était au balcon, dans sa robe en jais blanc, un blanc tellement gelé, oh! je n'aime pas cette robe . . . Cette robe me donnait envie de fiche le camp depuis le dîner . . .

—Non?

—Mais oui, Nounoune. Je ne sais pas si elle m'a vu. La lune n'était pas levée. Elle s'est levée pendant que j'attendais.

—Où attendais-tu?"

Chéri étendit vaguement la main vers l'avenue.

"Là. J'attendais, tu comprends. Je voulais voir. J'ai attendu longtemps.

—Mais quoi?"

Il la quitta brusquement, s'assit plus loin. Il reprit son expression de méfiance barbare:

"Tiens, je voulais être sûr qu'il n'y avait personne ici.

—Ah! oui . . . Tu pensais à . . ."

Elle ne put se défendre d'un rire plein de mépris. Un amant chez elle? Un amant, tant que Chéri vivait? C'était grotesque: "Qu'il est bête!" pensa-t-elle avec enthousiasme.

"Tu ris?"

Il se mit debout devant elle et lui renversa la tête, d'une main qu'il lui posa sur le front.

"Tu ris? Tu te moques de moi? Tu as . . . Tu as un amant, toi? Tu as quelqu'un?"

Il se penchait à mesure qu'il parlait et lui collait la nuque sur le dossier de la chaise longue. Elle sentit sur ses paupières le souffle d'une bouche injurieuse, et ne fit pas d'effort pour se délivrer de la main qui froissait son front et ses cheveux.

"Ose donc le dire, que tu as un amant!"

Elle battit des paupières, éblouie par l'approche du visage éclatant qui descendait sur elle, et dit enfin d'une voix sourde:

"Non. Je n'ai pas d'amant. Je t'aime . . ."

Il la lâcha et commença de retirer son smoking, son gilet; sa cravate siffla dans l'air et s'enroula au cou d'un buste de Léa sur la cheminée. Cependant il ne s'écartait pas d'elle et la maintenait, genoux contre genoux, assise sur la chaise longue. Lorsqu'elle le vit demi-nu, elle lui demanda, presque tristement:

"Tu veux donc? . . . Oui? . . ."

Il ne répondit pas, absorbé par l'idée de son plaisir proche et le désir qu'il avait de la reprendre. Elle se soumit et servit son jeune amant en bonne maîtresse, attentive et grave. Cependant elle voyait avec une sorte de terreur approcher l'instant de sa propre défaite, elle endurait Chéri comme un supplice, le repoussait de ses mains sans force et le retenait entre ses genoux puissants. Enfin elle le saisit au bras, cria faiblement, et sombra dans cet abîme d'où l'amour remonte pâle, taciturne et plein du regret de la mort.

Ils ne se délièrent pas, et nulle parole ne troubla le long silence où ils reprenaient vie. Le torse de Chéri avait glissé sur le flanc de Léa, et sa tête pendante reposait, les yeux clos, sur le drap, comme si on l'eût poignardé sur sa maîtresse. Elle, un peu détournée vers l'autre côté, portait presque tout le poids de ce corps qui ne la ménageait pas. Elle haletait tout bas, son bras gauche, écrasé, lui faisait mal, et Chéri sentait s'engourdir sa nuque, mais ils attendaient l'un et l'autre, dans une immobilité respectueuse, que la foudre décroissante du plaisir se fût éloignée d'eux.

"Il dort", pensa Léa. Sa main libre tenait encore le poignet de Chéri, qu'elle serra doucement. Un genou, dont elle connaissait la forme rare, meurtrissait son genou. A la hauteur de son propre coeur, elle percevait le battement égal et étouffé d'un coeur. Tenace, actif, mélange de fleurs grasses et de bois exotiques, le parfum préféré de Chéri errait. "Il est là", se dit Léa. Et une sécurité aveugle la baigna toute. "Il est là pour toujours", s'écria-t-elle intérieurement. Sa prudence avisée, le bon sens souriant qui avaient guidé sa vie, les hésitations humiliées de son âge mûr, puis ses renoncements, tout recula et s'évanouit devant la brutalité présomptueuse de l'amour. "Il est là! Laissant sa maison, sa petite femme niaise et jolie, il est revenu, il m'est revenu! Qui pourrait me l'enlever? Maintenant, maintenant je vais organiser notre existence . . . Il ne sait pas toujours ce qu'il veut, mais moi je le sais. Un départ sera sans doute nécessaire. Nous ne nous cachons pas, mais nous cherchons la tranquillité . . . Et puis il me faut le loisir de le regarder. Je n'ai pas dû le bien regarder, au temps où je ne savais pas que je l'aimais. Il me faut un pays où nous aurons assez de place pour ses caprices et mes volontés . . . Moi, je penserai pour nous deux,—à lui le sommeil . . ."

Comme elle dégageait avec précaution son bras gauche fourmillant et douloureux et sou épaule que l'immobilité ankylosait, elle regarda le visage détourné de Chéri, et elle vit qu'il ne dormait pas. Le blanc de son oeil brillait, et la petite aile noire de ses cils battait irrégulièrement.

"Comment, tu ne dors pas?"

Elle le sentit tressaillir contre elle, et il se retourna tout entier d'un seul mouvement.

"Mais toi non plus tu ne dormais pas, Nounoune?"

Il étendit la main vers la table de chevet et atteignit la lampe; une nappe de lumière rose couvrit le grand lit, accusant les reliefs des dentelles, creusant des vallons d'ombre entre les capitons dodus d'un couvre-pieds gonflé de duvet. Chéri, étendu, reconnaissait le champ de son repos et de ses jeux voluptueux. Léa, accoudée près de lui, caressait de la main les longs sourcils qu'elle aimait et rejetait en arrière les cheveux de Chéri. Ainsi couché et les cheveux dispersés autour de son front, il sembla renversé par un vent furieux.

La pendule d'émail sonna. Chéri se dressa brusquement et s'assit.

"Quelle heure est-il?

—Je ne sais pas. Qu'est-ce que ça peut bien nous faire?

—Oh! je disais ça . . ."

Il rit brièvement et ne se recoucha pas tout de suite. La première voiture de laitier secoua au-dehors un carillon de verrerie, et il eut un mouvement imperceptible vers l'avenue. Entre les rideaux couleur de fraise, une lame froide de jour naissant s'insinuait. Chéri ramena son regard sur Léa, et la contempla avec cette force et cette fixité qui rend redoutables l'attention de l'enfant perplexe et du chien incrédule. Une pensée illisible se levait au fond de ses yeux dont la forme, la nuance de giroflée très sombre, l'éclat sévère ou langoureux ne lui avaient servi qu'à vaincre et non à révéler. Son torse nu, large aux épaules, mince à la ceinture, émergeait des draps froissés comme d'une houle, et tout son être respirait la mélancolie des oeuvres parfaites.

"Ah! toi . . ." soupira Léa avec ivresse.

Il ne sourit pas, habitué à recevoir simplement les hommages.

"Dis-moi, Nounoune . . .

—Ma beauté?"

Il hésita, battit des paupières en frissonnant:

"Je suis fatigué . . . Et puis demain, comment vas-tu pouvoir . . ."

D'une poussée tendre Léa rabattit sur l'oreiller le torse nu et la tête alourdie.

"Ne t'occupe pas. Couche-toi. Est-ce que Nounoune n'est pas là? Ne pense à rien. Dors. Tu as froid, je parierais . . . Tiens, prends ça, c'est chaud . . ."

Elle le roula dans la soie et la laine d'un petit vêtement féminin ramassé sur le lit et éteignit la lumière. Dans l'ombre, elle prêta son épaule, creusa son flanc heureux, écouta le souffle qui doublait le sien. Aucun désir ne la troublait, mais elle ne souhaitait pas le sommeil. "A lui de dormir, à moi de penser", se répéta-t-elle. "Notre départ, je l'organiserai très chic, très discret; mon principe est de causer le minimum de bruit et de chagrin . . . C'est encore le Midi qui au printemps nous plaira le mieux. Si je ne consultais que moi, j'aimerais mieux rester ici, tout tranquillement. Mais la mère Peloux, mais madame Peloux fils . . ." L'image d'une jeune femme en costume de nuit, anxieuse et debout près d'une fenêtre, ne retint Léa que le temps de hausser l'épaule avec une froide équité: "Ça, je n'y peux rien. Ce qui fait le bonheur des uns . . ."

La tête soyeuse et noire bougea sur son sein, et l'amant endormi se plaignit en rêve. D'un bras farouche Léa le protégea contre le mauvais songe, et le berça afin qu'il demeurât longtemps—sans yeux, sans souvenirs et sans desseins,—ressemblant au "nourrisson méchant" qu'elle n'avait pu enfanter.

Éveillé depuis un long moment, il se gardait de bouger. La joue sur son bras plié, il tâchait de deviner l'heure. Un ciel pur devait verser sur l'avenue une précoce chaleur, car nulle ombre de nuage ne passait sur le rose ardent des rideaux. "Peut-être dix heures? . . ." La faim le tourmentait, il avait peu dîné la veille. L'an dernier, il eût bondi, bousculé le repos de Léa, poussé des appels féroces pour réclamer le chocolat crémeux et le beurre glacé . . . Il ne bougea pas. Il craignait, en remuant, d'émietter un reste de joie, un plaisir optique qu'il goûtait au rose de braise des rideaux, aux volutes, acier et cuivre, du lit étincelant dans l'air coloré de la chambre. Son grand bonheur de la veille lui semblait réfugié, fondu et tout petit, dans un reflet, dans l'arc-en-ciel qui dansait au flanc d'un cristal rempli d'eau.

Le pas circonspect de Rose frôla le tapis du palier. Un balai prudent nettoyait la cour. Chéri perçut un lointain tintement de porcelaine dans l'office . . . "Comme c'est long, cette matinée . . . se dit-il. Je vais me lever!" Mais il demeura tout à fait immobile, car Léa derrière lui bâilla, étira ses jambes. Une main douce se posa sur les reins de Chéri, mais il referma les yeux et tout son corps se mit à mentir sans savoir pourquoi, en feignant la mollesse du sommeil. Il sentit que Léa quittait le lit, et la vit passer en silhouette noire devant les rideaux qu'elle écarta à demi. Elle se tourna vers lui, le regarda et hocha la tête, avec un sourire qui n'était point victorieux mais résolu, et qui acceptait tous les périls. Elle ne se pressait pas de quitter la chambre, et Chéri, laissant un fil de lumière entrouvrir ses cils, l'épiait. Il vit qu'elle ouvrait un indicateur des chemins de fer et suivait du doigt des colonnes de chiffres. Puis elle sembla calculer, le visage levé vers le ciel et les sourcils froncés. Pas encore poudrée, une maigre torsade de cheveux sur la nuque, le menton double et le cou dévasté, elle s'offrait imprudemment au regard invisible.

Elle s'éloigna de la fenêtre, prit dans un tiroir son carnet de chèques, libella et détacha plusieurs feuillets. Puis elle disposa sur le pied du lit un pyjama blanc et sortit sans bruit.

Seul, Chéri, en respirant longuement, s'aperçut qu'il avait retenu sa respiration depuis le lever de Léa. Il se leva, revêtit le pyjama et ouvrit une fenêtre. "On étouffe", souffla-t-il. Il gardait l'impression vague et le malaise d'avoir commis une action assez laide.

"Parce que j'ai fait semblant de dormir? Mais je l'ai vue cent fois, Léa, au saut du lit. Seulement j'ai fait semblant de dormir, cette fois-ci . . ."

Le jour éclatant restituait à la chambre son rose de fleur, les tendres nuances du Chaplin blond et argenté riaient au mur. Chéri inclina la tête et ferma les yeux afin que sa mémoire lui rendît la chambre de la veille, mystérieuse et colorée comme l'intérieur d'une pastèque, le dôme féerique de la lampe, et surtout l'exaltation dont il avait supporté, chancelant, les délices . . .

"Tu es debout! Le chocolat me suit."

Il constata avec gratitude qu'en quelques minutes Léa s'était coiffée, délicatement fardée, imprégnée du parfum familier. Le son de la bonne voix cordiale se répandit dans la pièce en même temps qu'un arôme de tartines grillées et de cacao. Chéri s'assit près des deux tasses fumantes, reçut des mains de Léa le pain grassement beurré. Il cherchait quelque chose à dire et Léa ne s'en doutait pas, car elle l'avait connu taciturne à l'ordinaire, et recueilli devant la nourriture. Elle mangea de bon appétit, avec la hâte et la gaieté préoccupée d'une femme qui déjeune, ses malles bouclées, avant le train.

"Ta seconde tartine, Chéri . . .

—Non, merci, Nounoune.

—Plus faim?

—Plus faim."

Elle le menaça du doigt en riant:

"Toi, tu vas te faire coller deux pastilles de rhubarbe, ça te pend au nez!"

Il fronça le nez, choqué:

"Écoute, Nounoune, tu as la rage de t'occuper de . . .

—Ta ta ta! Ça me regarde. Tire la langue? Tu ne veux pas tirer la langue? Alors essuie tes moustaches de chocolat et parlons peu, mais parlons bien. Les sujets ennuyeux, il faut les traiter vite."

Elle prit une main de Chéri par-dessus la table et l'enferma dans les siennes.

"Tu es revenu. C'était notre destin. Te fies-tu à moi? Je te prends à ma charge."

Elle s'interrompit malgré elle, et ferma les yeux, comme pliant sous sa victoire; Chéri vit le sang fougueux illuminer le visage de sa maîtresse.

"Ah! reprit-elle plus bas, quand je pense à tout ce que je ne t'ai pas donné, à tout ce que je ne t'ai pas dit . . . Quand je pense que je t'ai cru un petit passant comme les autres, un peu plus précieux que les autres . . . Que j'étais bête, de ne pas comprendre que tu étais mon amour, l'amour, l'amour qu'on n'a qu'une fois . . ."

Elle rouvrit ses yeux qui parurent plus bleus, d'un bleu retrempé à l'ombre des paupières, et respira par saccades.

"Oh! supplia Chéri en lui-même, qu'elle ne me pose pas une question, qu'elle ne me demande pas une réponse maintenant, je suis incapable d'une seule parole . . ."

Elle lui secoua la main.

"Allons, allons, soyons sérieux. Donc, je disais: on part, on est partis. Qu'est-ce que tu fais, pour LÀ-BAS? Fais régler la question d'argent par Charlotte, c'est le plus sage, et largement, je t'en prie. Tu préviens LÀ-

BAS, comment? par lettre, j'imagine. Pas commode, mais on s'en tire quand on fait peu de phrases. Nous verrons ça ensemble. Il y a aussi la question de tes bagages,—je n'ai plus rien à toi, ici... Ces petites choses-là c'est plus agaçant qu'une grande décision, mais n'y songe pas trop... Veux-tu bien ne pas arracher toujours tes petites peaux, au bord de l'ongle de ton orteil? C'est avec ces manies-là qu'on attrape un ongle incarné!"

Il laissa retomber son pied machinalement. Son propre mutisme l'écrasait et il était obligé de déployer une attention harassante pour écouter Léa. Il scrutait le visage animé, joyeux, impérieux de son amie, et se demandait vaguement: "Pourquoi a-t-elle l'air si contente?"

Son hébétement devint si évident que Léa, qui maintenant monologuait sur l'opportunité de racheter le yacht du vieux Berthellemy, s'arrêta court:

"Croyez-vous qu'il me donnerait seulement un avis? Ah! tu as bien toujours douze ans, toi!"

Chéri, délié de sa stupeur, passa la main sur son front et enveloppa Léa d'un regard mélancolique.

"Avec toi, Nounoune, il y a des chances pour que j'aie douze ans pendant un demi-siècle."

Elle cligna des yeux à plusieurs reprises comme s'il lui eût soufflé sur les paupières, et laissa le silence tomber entre eux.

"Qu'est-ce que tu veux dire? demanda-t-elle enfin.

—Rien que ce que je dis, Nounoune. Rien que la vérité. Peux-tu la nier, toi qui es un honnête homme?"

Elle prit le parti de rire, avec une désinvolture qui cachait déjà une grande crainte.

"Mais c'est la moitié de ton charme, petite bête, que cet enfantillage! Ce sera plus tard le secret de ta jeunesse sans fin. Et tu t'en plains!... Et tu as le toupet de venir t'en plaindre à moi!

—Oui, Nounoune. A qui veux-tu que je m'en plaigne?"

Il lui reprit la main qu'elle avait retirée.

"Ma Nounoune chérie, ma grande Nounoune. Je ne fais pas que me plaindre, je t'accuse."

Elle sentait sa main serrée dans une main ferme. Et les grands yeux sombres aux cils lustrés, au lieu de fuir les siens, s'attachaient à eux misérablement. Elle ne voulut pas trembler encore.

"C'est peu de chose, peu de chose . . . Il ne faut que deux ou trois paroles bien sèches auxquelles il répondra par quelque grosse injure, puis il boudera et je lui pardonnerai . . . Ce n'est que cela . . ." Mais elle ne trouva pas la semonce urgente, qui eût changé l'expression de ce regard.

"Allons, allons, petit . . . Tu sais qu'il y a certaines plaisanteries que je ne tolère pas longtemps."

En même temps elle jugeait mou et faux le son de sa voix: "Que c'est mal dit . . . C'est dit en mauvais théâtre . . ." Le soleil de dix heures et demie atteignit la table qui les séparait, et les ongles polis de Léa brillèrent. Mais le rayon éclaira aussi ses grandes mains bien faites et cisela dans la peau relâchée et douce, sur le dos de la main, autour du poignet, des lacis compliqués, des sillons concentriques, des parallélogrammes minuscules comme ceux que la sécheresse grave, après les pluies, dans la terre argileuse. Léa se frotta les mains d'un air distrait, en tournant la tête pour attirer vers la rue l'attention de Chéri; mais il persista dans sa contemplation canine et misérable. Brusquement il conquit les deux mains honteuses qui faisaient semblant de jouer avec un pan de ceinture, les baisa et les rebaisa, puis y coucha sa joue en murmurant:

"Ma Nounoune . . . ô ma pauvre Nounoune . . .

—Laisse-moi!" cria-t-elle avec une colère inexplicable, en lui arrachant ses mains.

Elle mit un moment à se dompter, et s'épouvanta de sa faiblesse, car elle avait failli éclater en sanglots. Dès qu'elle le put, elle parla et sourit:

"Alors, tu me plains, maintenant? Pourquoi m'accusais-tu tout à l'heure?

—J'avais tort, dit-il humblement. Toi, tu as été pour moi . . ."

Il fit un geste qui exprimait son impuissance à trouver des mots dignes d'elle.

"TU AS ÉTÉ! souligna-t-elle d'un ton mordant.

En voilà un style d'oraison funèbre, mon petit garçon!

—Tu vois . . ." reprocha-t-il.

Il secoua la tête, et elle vit bien qu'elle ne le fâcherait pas. Elle tendait tous ses muscles, et bridait ses pensées à l'aide de deux ou trois mots toujours les mêmes, répétés au fond d'elle: "Il est là, devant moi . . . Voyons, il est toujours là . . . Il n'est pas hors d'atteinte . . . Mais est-il encore là, devant moi, véritablement? . . ."

Sa pensée échappa à cette discipline rythmique et une grande lamentation intérieure remplaça les mots conjuratoires: "Oh! que l'on me rende, que l'on me rende seulement l'instant où je lui ai dit: "Ta seconde tartine, Chéri?" Cet instant-là est encore si près de nous, il n'est pas perdu à jamais, il n'est pas encore dans le passé! Reprenons notre vie à cet instant-là, le peu qui a eu lieu depuis ne comptera pas, je l'efface, je l'efface . . . Je vais lui parler tout à fait comme si nous étions quelques minutes plus tôt, je vais lui parler, voyons, du départ, des bagages . . ."

Elle parla en effet, et dit:

"Je vois . . . Je vois que je ne peux pas traiter en homme un être qui est capable, par veulerie, de mettre le désarroi chez deux femmes. Crois-tu que je ne comprenne pas? En fait de voyage, tu les aimes courts, hein? Hier à Neuilly, aujourd'hui ici, mais demain . . . Où donc, demain? Ici? Non, non, mon petit, pas la peine de mentir, cette figure de condamné ne tromperait même pas une plus bête que moi, s'il y en a une par là . . ."

Son geste violent, qui désignait la direction de Neuilly, renversa une jatte à gâteaux que Chéri redressa. A mesure qu'elle parlait, elle accroissait son mal, le changeait en un chagrin cuisant, agressif et jaloux, un chagrin bavard de jeune femme. Le fard, sur ses joues, devenait lie-de-vin, une mèche de cheveux, tordue par le fer, descendit sur sa nuque comme un petit serpent sec.

"Même celle de par là, même ta femme, tu ne la retrouveras pas toutes les fois chez toi, quand il te plaira de rentrer! Une femme, mon petit, on ne sait pas bien comment ça se prend, mais on sait encore moins comment ça se déprend! . . . Tu la feras garder par Charlotte, la tienne, hein? C'est une idée, ça! Ah! je rirai bien, le jour où . . ."

Chéri se leva, pâle et sérieux:

"Nounoune! . . .

—Quoi, Nounoune? quoi, Nounoune? Penses-tu que tu vas me faire peur? Ah! tu veux marcher tout seul? Marche! Tu es sûr de voir du pays, avec une fille de Marie-Laure ! Elle n'a pas de bras, et le derrière plat, mais ça ne l'empêchera guère . . .

—Je te défends, Nounoune! . . ."

Il lui saisit les deux bras, mais elle se leva, se dégagea avec vigueur, et éclata d'un rire enroué:

"Mais bien sûr! "Je te défends de dire un mot contre ma femme!" N'est-ce pas?"

Il fit le tour de la table et vint tout près d'elle, tremblant d'indignation:

"Non! Je te défends, m'entends-tu bien, je te défends de m'abîmer ma Nounoune!"

Elle recula vers le fond de la chambre en balbutiant:

"Comment ça? . . . Comment ça? . . ."

Il la suivait, comme prêt à la châtier:

"Oui! Est-ce que c'est ainsi que Nounoune doit parler? Qu'est-ce que c'est que ces manières? Des sales petites injures genre madame Peloux, maintenant? Et ça sort de toi, toi Nounoune! . . ."

Il rejeta la tête en arrière orgueilleusement:

"Moi, je sais comment doit parler Nounoune! Je sais comment elle doit penser! J'ai eu le temps de l'apprendre. Je n'ai pas oublié le jour où tu me disais, un peu avant que je n'épouse cette petite: "Au moins ne sois pas méchant . . . Essaie de ne pas faire souffrir . . . J'ai un peu l'impression qu'on laisse une biche à un lévrier . . ." Voilà des paroles! Ça, c'est toi! Et la veille de mon mariage, quand je me suis échappé pour venir te voir, je me rappelle, tu m'as dit . . ."

La voix lui manqua, tous ses traits s'éclairèrent au feu d'un souvenir:

"Chérie, va . . ."

Il posa ses mains sur les épaules de Léa:

"Et cette nuit encore, reprit-il, est-ce qu'un dc tes premiers soucis n'a pas été pour me demander si je n'avais pas fait trop de mal LÀ-BAS? Ma Nounoune, chic type je t'ai connue, chic type je t'ai aimée, quand nous avons commencé. S'il nous faut finir, vas-tu pour cela ressembler aux autres femmes? . . ."

Elle sentit confusément la ruse sous l'hommage, et s'assit en cachant son visage entre ses mains:

" Que tu es dur, que tu es dur . . . bégaya-t-elle. Pourquoi es-tu revenu? . . . J'étais si calme, si seule, si habituée à . . ."

Elle s'entendit mentir, et s'interrompit.

"Pas moi! riposta Chéri. Je suis revenu parce que . . . parce que . . ."

Il écarta les bras, les laissa retomber, les rouvrit:

"Parce que je ne pouvais plus me passer de toi, ce n'est pas la peine de chercher autre chose."

Ils demeurèrent silencieux un instant.

Elle contemplait, affaissée, ce jeune homme impatient, blanc comme une mouette, dont les pieds légers et les bras ouverts semblaient prêts pour l'essor . . .

Les yeux sombres de Chéri erraient au-dessus d'elle.

"Ah! tu peux te vanter, dit-il soudain, tu peux te vanter de m'avoir, depuis trois mois surtout, fait mener une vie . . . une vie . . .

—Moi? . . .

—Et qui donc, sinon toi? Une porte qui s'ouvre, c'était Nounoune; le téléphone, c'était Nounoune; une lettre dans la boîte du jardin: peut-être Nounoune . . . Jusque dans le vin que je buvais, je te cherchais, et je ne trouvais jamais le Pommery de chez toi . . . Et la nuit, donc . . . Ah! là là! . . ."

Il marchait très vite et sans aucun bruit, de long en large, sur le tapis.

"Je peux le dire, que je sais ce que c'est que de souffrir pour une femme, oui! Je les attends, à présent, celles d'après toi . . . poussières! Ah! que tu m'avais bien empoisonné! . . ."

Elle se redressait lentement, suivait, d'un balancement du buste, le va-et-vient de Chéri. Elle avait les pommettes sèches et luisantes, d'un rouge fiévreux qui rendait le bleu de ses yeux presque insoutenable. Il marchait, la tête penchée, et ne cessait de parler.

"Tu penses, Neuilly sans toi, les premiers temps de mon retour! D'ailleurs, tout sans toi . . . Je serais devenu fou. Un soir, la petite était malade, je ne sais plus quoi, des douleurs, des névralgies . . . Elle me faisait peine, mais je suis sorti de la chambre parce que rien au monde ne m'aurait empêché de lui dire: "Attends, ne pleure pas, je vais aller chercher Nounoune qui te guérira . . ." D'ailleurs tu serais venue, n'est-ce pas, Nounoune? . . . Oh! là là, cette vie . . . A l'Hôtel Morris, j'avais embauché Desmond, bien payé, et je lui en racontais, quelquefois, la nuit . . . Je lui disais, comme s'il ne te connaissait pas: "Mon vieux, une peau comme la sienne, ça n'existe pas . . . Et tu vois ton cabochon de saphir, eh bien, mon vieux, cache-le, parce que le bleu de ses yeux, à elle, il ne tourne pas au gris aux lumières!" Et je lui disais comme tu étais rossarde quand tu voulais, et que personne n'avait le dernier avec toi, pas plus moi que les autres . . . Je lui disais: "Cette femme-là, mon vieux, quand elle a le chapeau qu'il lui faut"—ton bleu marine avec des ailes, Nounoune, de l'autre été—"et la manière de s'habiller qu'elle a, tu peux mettre n'importe quelle femme à côté, tout fout le camp!" Et puis tes manières épatantes de parler, de marcher, ton sourire, ta démarche qui fait chic, je lui disais, à Desmond: "Ah! ce n'est pas rien, qu'une femme comme Léa! . . ."

Il claqua des doigts, avec une fierté de propriétaire, et s'arrêta, essoufflé, de parler et de marcher.

"Je n'ai jamais dit tout ça à Desmond, songea-t-il. Et pourtant ce n'est pas un mensonge que je fais là. Desmond a compris tout de même." Il voulut reprendre et regarda Léa. Elle l'écoutait encore. Assise très droite à présent, elle lui montrait en pleine lumière son visage noble et défait, ciré par de cuisantes larmes séchées. Un poids invisible tirait en bas le menton et les joues, attristait les coins tremblants de la bouche. Dans ce naufrage de la beauté, Chéri retrouvait, intacts, le joli nez dominateur, les prunelles d'un bleu de fleur bleue . . .

"Alors, n'est-ce pas, Nounoune, après des mois cette vie-là, j'arrive ici, et . . ."

Il s'arrêta, effrayé de ce qu'il avait failli dire.

"Tu arrives ici, et tu trouves une vieille femme, dit Léa d'une voix faible et tranquille.

—Nounoune! Écoute, Nounoune! . . ."

Il se jeta à genoux contre elle, laissant voir sur son visage la lâcheté d'un enfant qui ne trouve plus de mots pour cacher une faute.

"Et tu trouves une vieille femme, répéta Léa. De quoi donc as-tu peur, petit?"

Elle entoura de son bras les épaules de Chéri, sentit le raidissement, la défense de ce corps qui souffrait parce qu'elle était blessée.

"Viens donc, mon Chéri . . . De quoi as-tu peur? De m'avoir fait de la peine? Ne pleure pas, ma beauté . . . Comme je te remercie, au contraire . . ."

Il fit un gémissement de protestation et se débattit sans force. Elle inclina sa joue sur les cheveux noirs emmêlés.

"Tu as dit tout cela, tu as pensé tout cela de moi? J'étais donc si belle à tes yeux, dis? Si bonne? A l'âge où tant de femmes ont fini de vivre, j'étais pour toi la plus belle, la meilleure des femmes, et tu m'aimais? Comme je te remercie, mon chéri . . . La plus chic, tu as dit? . . . Pauvre petit . . ."

Il s'abandonnait et elle le soutenait entre ses bras.

"Si j'avais été la plus chic, j'aurais fait de toi un homme, au lieu de ne penser qu'au plaisir de ton corps, et au mien. La plus chic, non, non, je ne l'étais pas, mon chéri, puisque je te gardais. Et c'est bien tard . . ."

Il semblait dormir dans les bras de Léa, mais ses paupières obstinément jointes tressaillaient sans cesse et il s'accrochait, d'une main immobile et fermée, au peignoir qui se déchirait lentement.

"C'est bien tard, c'est bien tard . . . Tout de même . . ."

Elle se pencha sur lui;

"Mon chéri, écoute-moi. Éveille-toi, ma beauté. Écoute-moi les yeux ouverts. N'aie pas peur de me voir. Je suis tout de même cette femme que tu as aimée, tu sais, la plus chic des femmes . . ."

Il ouvrit les yeux, et son premier regard mouillé était déjà plein d'un espoir égoïste et suppliant. Léa détourna la tête: "Ses yeux . . . Ah! faisons vite . . ." Elle reposa sa joue sur le front de Chéri.

"C'était moi, petit, c'était bien moi cette femme qui t'a dit: "Ne fais pas de mal inutilement, épargne la biche . . ." Je ne m'en souvenais plus. Heureusement tu y as pensé. Tu te détaches bien tard de moi, mon nourrisson méchant, je t'ai porté trop longtemps contre moi, et voilà que tu en as lourd à porter à ton tour: une jeune femme, peut-être un enfant . . . Je suis responsable de tout ce qui te manque . . . Oui, oui, ma beauté, te voilà, grâce à moi, à vingt-cinq ans, si léger, si gâté et si sombre à la fois . . . J'en ai beaucoup de souci. Tu vas souffrir,—tu vas faire souffrir. Toi qui m'as aimée . . ."

La main qui déchirait lentement son peignoir se crispa et Léa sentit sur son sein les griffes du nourrisson méchant.

" . . . Toi qui m'as aimée, reprit-elle après une pause, pourras-tu . . . Je ne sais comment me faire comprendre . . ."

Il s'écarta d'elle pour l'écouter; et elle faillit lui crier: "Remets cette main sur ma poitrine et tes ongles dans leur marque, ma force me quitte dès que ta chair s'éloigne de moi!" Elle s'appuya à son tour sur lui qui s'était agenouillé devant elle, et continua.

"Toi qui m'as aimée, toi qui me regretteras . . ."

Elle lui sourit et le regarda dans les yeux.

"Hein, quelle vanité! . . . Toi qui me regretteras, je voudrais que, quand tu te sentiras près d'épouvanter la biche qui est ton bien, qui est ta charge, tu te retiennes, et que tu inventes à ces instants-là tout ce que je ne t'ai pas appris . . . Je ne t'ai jamais parlé de l'avenir. Pardonne-moi, Chéri: je t'ai aimé comme si nous devions, l'un et l'autre, mourir l'heure d'après. Parce que je suis née vingt-quatre ans avant toi, j'étais condamnée, et je t'entraînais avec moi . . ."

Il l'écoutait avec une attention qui lui donnait l'air dur. Elle passa sa main sur le front inquiet, pour en effacer le pli.

"Tu nous vois, Chéri, allant déjeuner ensemble, à Armenonville? . . . Tu nous vois invitant Madame et Monsieur Lili? . . ."

Elle rit tristement et frissonna.

"Ah! Je suis aussi finie que cette vieille . . . Vite, vite, petit, va chercher ta jeunesse, elle n'est qu'écornée par les dames mûres, il t'en reste, il lui en reste à cette enfant qui t'attend. Tu y as goûté, à la jeunesse! Tu sais qu'elle ne contente pas, mais qu'on y retourne . . . Eh! ce n'est pas de cette nuit que tu as commencé à comparer . . . Et qu'est-ce que je fais là, moi, à donner des conseils et à montrer ma grandeur d'âme? Qu'est-ce que je sais de vous deux? Elle t'aime: c'est son tour de trembler, elle souffrira comme une amoureuse et non pas comme une maman dévoyée. Tu lui parleras en maître, mais pas en gigolo capricieux . . . Va, va vite . . ."

Elle parlait sur un ton de supplication précipitée. Il l'écoutait debout, campé devant elle, la poitrine nue, les cheveux en tempête, si tentant qu'elle noua l'une à l'autre ses mains qui allaient le saisir. Il la devina peut-être et ne se déroba pas. Un espoir, imbécile comme celui qui peut atteindre, pendant leur chute, les gens qui tombent d'une tour, brilla entre eux et s'évanouit.

"Va, dit-elle à voix basse. Je t'aime. C'est trop tard. Va-t'en. Mais va-t'en tout de suite. Habille-toi."

Elle se leva et lui apporta ses chaussures, disposa la chemise froissée, les chaussettes. Il tournait sur place et remuait gauchement les doigts comme s'il avait l'onglée, et elle dut trouver elle-même les bretelles, la cravate; mais elle évita de s'approcher de lui et ne l'aida pas. Pendant qu'il s'habillait, elle regarda fréquemment dans la cour comme si elle attendait une voiture.

Vêtu, il parut plus pâle, avec des yeux qu'élargissait un halo de fatigue.

"Tu ne te sens pas malade?" lui demanda-t-elle. Et elle ajouta timidement, les yeux bas: "Tu pourrais . . . te reposer . . ." Mais tout de suite elle se reprit et revint à lui comme s'il était dans un grand péril: "Non, non, tu seras mieux chez toi . . . Rentre vite, il n'est pas midi, un bon bain chaud te remettra, et puis le grand air . . . Tiens tes gants . . . Ah! oui, ton chapeau par terre . . . Passe ton pardessus, l'air te surprendrait. Au revoir, mon Chéri, au revoir . . . C'est ça . . . Tu diras à Charlotte . . ." Elle referma sur lui la porte et le silence mit fin à ses vaines paroles désespérées. Elle entendit que Chéri butait dans l'escalier, et elle courut à la fenêtre. Il descendait le perron et s'arrêta au milieu de la cour.

"Il remonte! il remonte!" cria-t-elle en levant les bras.

Une vieille femme haletante répéta, dans le miroir oblong, son geste, et Léa se demanda ce qu'elle pouvait avoir de commun avec cette folle.

Chéri reprit son chemin vers la rue, ouvrit la grille et sortit. Sur le trottoir il boutonna son pardessus pour cacher son linge de la veille. Léa laissa retomber le rideau. Mais elle eut encore le temps de voir que Chéri levait la tête vers le ciel printanier et les marronniers chargés de fleurs, et qu'en marchant il gonflait d'air sa poitrine, comme un évadé.

CPSIA information can be obtained
at www.ICGtesting.com
Printed in the USA
LVHW081320220123
737708LV00011B/511

9 781374 843875